박대문 제3꽃시집 / 2014. 1.

꽃 따라 구름 따라

신세림출판사

꽃 따라 구름 따라

박대문 제3꽃시집

3집을 펴내며

가야 할 앞길이 희미하고 막막한
짙게 깔린 운무(雲霧) 속 산행길,
그 안에 있을 때는 깜깜한 안갯길이었지만
벗어나 뒤돌아보니 구름 속 신선이었음을
뒤늦게서야 알게 되는 것이
이 세상을 사는 우리의 모습인가 봅니다.

아쉬운 세상사, 미움과 욕심과 미련에 쌓여
간헐천 열수(熱水)처럼 회한과 여한이 뻗칠 때면
부질없는 공념(空念)을 털어버리고자 몸부림쳤습니다.

발길 가는 대로 꽃 따라, 바람 따라, 구름 따라
매임 없이 흐르고, 속절없이 떠돌아 날다 지치면 쉬어 가고,
가다가 허기지면 풀숲에 드는 산새가 되리라.

발 닿고 몸 가는 곳에서 만난 쪼매한 풀과 나무들!
무심코 지나칠 법도 한, 발아래 밟히는 풀꽃들!
크건 작건, 보잘 것 있건 없건 간에
그 이파리 하나, 꽃 한 송이에 배어있는
무한한 시간과 끝없는 생의 의미를 찾아
정성을 다해 사진을 찍고 마음을 주었습니다.

어떠한 모진 환경에서도 한 줌의 흙만 있으면
끝까지 생(生)을 포기하지 아니하고 온갖 간난 속에서도
꽃을 피워 대물림하는 들풀의 삶에서

한 줌의 흙에 자족하는 빈 마음과
유연하게 이어 온 숭엄한 생명력을 보았습니다.
위에서 내려다볼 때와 달리 카메라 앵글을 낮추면 낮출수록
더욱 곱게 다가오는 들풀의 아름다운 자태를 보았습니다.

그렇게 산새처럼 풀 찾아, 꽃 찾아
발 닿고 몸 가는 곳에서 만난 들풀꽃!
눈높이 낮추어 한 컷 한 컷 눈인사 나누며 찍은 사진과 글들을
한 뜸 한 뜸 뜨개질하듯 Naver Blog에 모아 둔 것 중
시만을 골라서 세 번째 꽃시집을 펴내게 되었습니다.

미흡한 사진과 글이지만 저에게는 소중한 삶의 흔적이고
만나는 들풀의 생에 대한 경외심과 아름다움,
자연이 주는 의미와 진한 삶의 그리움,
그리고 미처 다 버리지 못한 미련과 사랑을 엮은 것입니다.

꽃 따라 구름 따라 그리움 있기에 헤매는 마음,
들풀 앞에 무릎 꿇고 눈높이 낮춘 자세로
지금 아니면 소용이 없기에 내 곁의 모든 것,
너와 나, 한 포기의 풀, 나무에 대한 사랑의 다짐입니다.

끝으로 이 꽃시집이 나오기까지 배려와 격려로 도움 주신
내 곁의 모든 분, 특히 이정수 회장님과
김상문 회장, 김영철 실장을 비롯한 친지, 동료,
동방문학회원님과 사랑하는 가족에게 깊이 감사드립니다.

풀지기 블로그 : http://blog.naver.com/dmpark05

갑오 원단에 (2014.1.1)
풀지기 **박 대문**

제 1 부 꽃 따라

차례 · 꽃 따라 구름 따라

박대문 제3꽃시집

제 2부 구름 따라

차례 · 꽃 따라 구름 따라
박대문 제3꽃시집

제 3부 그리움 있기에

제 4 부 사랑하라! 지금

제1부

꽃 따라

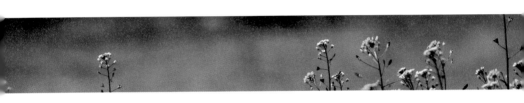

짙푸른 청록이요
눈부신 흰빛이라
모닥모닥 피어나는
하얀 꽃 구름

꽃 따라 구름 따라

피어나는 꽃과 봄향기에
휘둘리는 춘심 몸살.
봄길 따라 어디 간들
머무를 곳 없으랴.
가도 가도 유혹인데.

짙푸른 청록이요
눈부신 흰빛이라.
모닥모닥 피어나는
하얀 꽃 구름.

청산도 꽃 피우네
산마루 흰 구름.
이 마음도 흘러가네
꽃 따라 구름 따라.

−2011. 5. 19. 봄길에서

영춘화(迎春化)

노란 꽃 한 송이
긴긴 기다림이었다.

화사한 꽃 이파리
혹한의 고통 깊고도 컸다.

기다려지는 벌 나비,
아님 봄바람이라도 찾아 주겠지.

수줍고도 해맑은 미소
'봄이에요.'

−2011. 3. 31. 이른 봄 영춘화를 보며

풍년화(豐年花) • 1

길고 지루했다.
매섭고 추웠다.
가냘픈 숨결 질기게 이어왔다.
끝없이 이어지는 하얀 겨울밤.

바람결도 파르르 떨다가
꽃잎에 머물렀다.
꽃잎에 말리어 아롱졌다.

회색빛 햇살
꽃샘추위에 떨면서
뽑아 올린 가녀린 꽃 이파리.
기나긴 겨울 떨궈버리고
한 장의 꽃 이파리에
봄을 실었다.

꽃 풍년에 이어 대풍작 몰고 오는
꽃바람 쓰나미였음 좋겠다.

-2011. 3. 16. 풍년화

풍년화(豊年花) • 2

별빛 차가운
얼어붙은 밤하늘
잎새 떨군 빈자리로
스며드는 찬 기운은
낙엽이 남기고 떠난
새 생명의 숨결마저
혹한에 절어들게 했다.

새 생명을 끌어안은
여린 가지 끝에
삭풍은 거세고
눈보라 휘감아 돌아도
꽃 피울 그 날 기려
달빛 별빛 한데 모아 엮은
얄사한 노란 꽃잎
엷은 봄 햇살에 파르르 펼친다.

떨며 흔들리며
찬 바람 맞으며 피어나는 풍년화.
간난신고(艱難辛苦)의 잔영(殘影)은
어룽진 꽃잎에 감추고
엄동설한에 타는 단심(丹心)이

꽃향 되어 봄을 재촉한다.

떨며 흔들리며 피어나는 꽃.
얄사한 주름 꽃잎에 향기 그윽한
풍년화의 봄 손짓에
되살아나는 봄앓이를 어이할까나.

−2012. 2. 26. 이른봄 풍년화 곁에서

풍년화

수선화

외로움
그리움
사랑
모두이다.

매서운 겨울 추위
깜깜한 얼음장 밑에서
외롭게 피워 올린 하얀 그리움은
꽃잎이 되고
못다 피운 붉은 마음
못다 말한 수많은 사연은
샛노란 꽃부리에 모두어 올렸다.

애타게 기다려온 수많은 날
가슴에 갇히온 하 많은 말
모두어 맺힌 노란 꽃부리가
그 언제 다 전하랴마는
노란 그 꽃부리에
이 가슴도 얹혀나 볼까?

−2011. 2. 18. 제주 올레길에서

유채꽃 피는 갯 언덕

봄은 저 멀리 남녘에 있는가?
보일 듯 보일 듯
닿을 듯 닿을 듯
봄맞이 떠나는 아련함이여.

남녘 끝 갯가 언덕에 서니
파란 바닷물 끝없이 펼쳐지고
바람결에 밀려온 하얀 파도만
쉼 없는 자맥질일 뿐
남녘바다 끝 어디에도
봄은 있을 성싶지 않네.
하얀 파도만 하염없이 부서지네.

바다 끝에 눈을 묶고
애타게 봄을 찾는 마음이여.

봄은 모르게 왔다가,
모르게 가나 봅니다.

햇살 눈부시게 퍼질 때
푸른 물결 출렁대는 유채밭 고랑 사이
일렁이는 햇살과 꽃향기 속에

다투어 피어나는 노란 꽃 바람 타고
어느새 나를 스쳐 갔습니다.

−2011. 3. 4. 제주올레길 7코스에서

유채

올괴불나무 꽃

연분홍색 꽃잎에 새빨간 꽃술
가녀린 가지에 보일동 말동
작은 꽃 이파리 앙증도 맞다.

허공에 매달려 뉠 꼬드기나.

곱게 칠한 연지 입술
찾는 이 없어
설움 배인 파란 꽃술로
낙화 되어 날리네.

오는 이 가는 이
못 보고 가지만
설움에 겨워 지는 꽃
내 가슴 파고드네.

－2011. 4. 6. 남한산성 봄 길에서

왜제비꽃

길고 긴 침잠의 혹한을
참고 또 참고.

행여 바람에 날릴세라
바위틈, 갈잎 사이에
숨고 낮추고.

가냘픈 생명의 끈
놓지 않고 붙들었나니.

비로소 피어나는
연보랏빛 꽃 한 송이.

이른 봄 삭막한 벌판에
꽃불을 지피는 왜제비꽃.

-2011. 4. 3. 무등산 자락 수만리 마을에서

자목련꽃 춤사위

몽실몽실 피어오른 자목련 꽃망울
찬바람 감싸주던 솜털깍지 비집고 나와
하나같이 북녘만을 바라보니
긴 겨울 설움에 겹도록
그리도 시달린 북풍한설이었건만
미움도 정이거늘 등 돌리지 못함인가?

세찬 북풍, 혹독한 추위 견디어
흐드러지게 피어나는 꽃 무더기
그 속에 그 속에 하얀 설움 남았구나.
설움과 원망이 한데 엉키어
살풀이 춤추듯 너울대는 꽃 춤사위.
붉은 몸짓 요동 속에 하얀 속살 드러나네.

한바탕 춤사위 자지러들면
우수수 꽃비 되어 스러지는 꽃잎들
환희의 자줏빛, 그리움의 하얀 빛
엉키어 날리니 슬픔만 남겠지.

멀어진 마음 싫어 훌쩍 떠나온 사람
미움과 원망만 남을 줄 알았더니만
하얀 그리움이 속마음 비집고 들면

밉고도 고운 그 사람 모습
가슴에 다시 엉켜 이 마음 울리네.

곱고도 슬픈 자목련꽃 춤사위를 보면.

−2011. 5. 3. 봉화 청량사 뜨락에서

자목련

산수유 꽃무리

흐드러지게 피어나는
산수유 꽃무리 속에 서니
고향 떠난 수십 년이 아픔으로 밀려와
길 잃고 혼 빠진 아이가 되고 만다.

불꽃도 연기도 없이
메마른 벌판을 휩쓰는 들불처럼
세상을 모조리 쓸어 덮는 파도처럼
무딘 가슴에 온통
샛노란 봄빛 쓰나미 덮쳐 온다.

아! 내 자라던 그 산골 마을로
휩쓸려간다.

아기자기한 꽃들이 사철 피어나고
겨울인가 싶으면 어느새 봄꽃들이
다투어 흐드러지게 피어올라
메마른 복장을 싱숭생숭 휘저을 때
질펀하게 꽃잔치 벌이는 곳.

꼬물대는 아지랑이 속에서
앞산은 붉은 진달래 꽃물결 출렁이고

낡은 초가지붕 위에는
화사한 살구꽃 꽃구름처럼 피어나던 곳.

산수유 꽃물결에 휘말려 넋을 잃은 채
말라붙은 초라한 가슴 움켜쥐고
떠나온 그곳, 그리운 고향
꽃피는 산골 마을을 애타게 그려봅니다.

시커먼 아스팔트 도로 위 한 뼘 흙에
수레에 실려 옮겨진 팬지나 삼색제비꽃,
이른 봄 뿌리 발도 못한 채 바들바들 떨다가
여름 되면 샐비어나 피튜니아, 사피니아로
가을 되면 메리골드나 꽃양배추로
철 바뀌면 통째로 뽑혀 나가 흔적도 없이 사라지는
도시의 길거리 일회용 꽃들을 보며
함께 살아온 삭막한 도시살이.

마음은 언제나 조급증에 애타고
언제 밀려나고 쫓겨 갈지 몰라,
있는 자리조차 설고 두려웠던
뿌리 없이 떠돌아 온 부평초 마음.

철 따라 그 자리에서 어김없이 피어나고
앞산과 마을을 빨갛고 노랗게 물들이던
꽃 피고 또 피는 내 고향 운정(雲亭) 마을이
오늘따라 몹시도 그립습니다.
이 봄 맞아 찾아가 안겨 보고 싶습니다.

-2012. 4. 8. 섬진강변에서

산수유

돌단풍 꽃대궁

거친 한데 바람 차가운 눈서리
아랑곳하지 않고
시커먼 알몸뿌리 내놓은 채
바위처럼 버티며 지켜온 새 생명.
새어드는 봄 햇살 받아
얼음 땅 헤치고 고개 내민
돌단풍 꽃대궁.

올망졸망 오동통한 꽃줄기
화사하고 빛깔 좋은 꽃망울.
바위처럼 굳은 돌단풍 알몸뿌리 속에
이토록 고운 생명의 빛이 있을 줄이야.

황금빛 꽃대궁 사이로 봄이 내려앉아
금방이라도 현란한 꽃망울이
톡톡 팝콘처럼 터질 것만 같습니다.
긴 세월 간직해 온 나의 사랑도
이 봄엔 팝콘처럼 터졌으면 싶습니다.

−2012. 4. 8 서울에서

청노루 들꽃

야리야리한 꽃대
보송보송한 솜털
아침햇살 속에
피어나는 청노루 들꽃.

겨우내 기다림에 지친
생명의 꼼지락거림.

봄이라 했거늘
산 계곡 소소리바람 그치지 아니하고
꽃샘바람 시도 때도 없이
음산한 찬 기운만 골골이 흐르는데
그래도 봄기운 밀어 올리는 청노루 들꽃.

발밑에 밟혀 눈에 띄지도 않지만
한사코 피어나는 청노루 들꽃 있어
간난 속에 오는 봄이 곱기만 합니다.

-2012. 4. 7. 서울 남한산성에서

꽃다지와 냉이처럼

이른 봄 황량한 벌판에
해맑간 웃음꽃 피어난다.

거친 바람 맨땅을 휩쓸고
뿌리 깊이 아리는 혹한이었지만
모진 간난 견디고 나니
이렇게 또 만나 웃는구려.

오순도순 이야기 건네며
하얀 웃음 노란 미소
주고받는 저잣거리
김(金)가와 이(李)가 같은 꽃이다.

언제 봐도 정겹고 따슙다.
그냥그냥 그대로 자랐는데도
한데 모두어 봄노래 합창하듯
어우러진 꽃다지와 냉이꽃.

오늘이 힘들고 가슴 아려도
드러냄 없이 주어진 대로
이냥 저냥 맨가슴으로 사노라면
하얀 웃음 노란 미소

함께 꽃 피울 날 오겠지요.
꽃다지와 냉이처럼.

−2013. 4. 6. 서울 올림픽공원에서

꽃다지와 냉이

동백꽃 낙화(洛花)

새봄 되어 온갖 꽃 피어나니
한겨울 붉은 동백, 낙화 되어 떨어진다.
타는 가슴 붉은 마음
기다림에 지쳐버린
설움 겨운 눈물인가?

세찬 바람 하얀 눈발 속에서도
타는 가슴 풀어헤치듯
주체 못 할 붉은 마음 망울망울 뿜어내던
황금빛 꽃술에 두툼한 꽃부리.

육감 넘쳐나는 붉은 열정으로
긴 겨울 서럽게 기다렸건만
천지에 봄꽃 흐드러지게 피도록
이루지 못한 붉은 연정 하 서러워
하늘 향한 붉은 마음 그대로이듯
피어난 그 모습 통째로 떨어지니
임 오가는 길목에 서러운 정 묻으려는가?

절통한 그 마음 누가 알랴!
동백꽃 낙화 흥건한 꽃길에서
설움에 겨운 꽃잎 차마 밟지 못하고

가려 밟는 길손의 도져 난 춘심(春心)이여.
감추온 속내를 어디메 전할거나?
앞산자락 봄꿩도
이 산 저 산 울어에는 봄날에.

−2013. 4. 7 능가사 뜨락 동백꽃 낙화 위를 걸으며

동백꽃 낙화

괭이눈

찬바람 그칠 새 없고
얼음 깊게 박힌 응달의 습지에서
꽃잎처럼 솟아나는 괭이눈 새움.

군데군데 잔설이 미련 두고 머무는 봄
가느다란 봄 햇살에 괭이 실눈 뜨듯
조심조심 연노랑 새움 밀어 올리는
괭이눈 여린 싹이 애잔해 보이더니만,

언제 몰아칠지 모를
꽃샘추위 찬바람과 진눈깨비
여린 새싹 상할세라 가슴 조이게 하더니만,

맑고 푸른 정갈스런 이파리 위에
자라나는 작은 꽃망울들,
환하고 밝은 미소처럼
곱고도 짠하게 피어납니다.

－2011. 5. 5. 강화도 고려산에서

조름나물 꽃

하늘이 내려앉고, 청산이 들어앉고
봄바람도 어르는 수면(水面)에
어리어리 하얀 꽃송이
별이 되어 피어납니다.

몸 닳으며 사각대는 억새도 잠든 봄밤
숨은 듯 피어나는 하얀 꽃송이
물 위에 꽃 그리메 어룽집니다.

시린 땅 물속에 뿌리 박힌 긴 겨울
절절히 맺힌 그리움, 기다림
차마 떨구지 못해
실타래처럼 매단 채 피어납니다.

전생에 못다 푼 질긴 사연들
엉키고 설킨 마음 갈래
하얀 꽃잎에 줄줄이 드리운 채
갈래갈래 피어나는
그리움의 하얀 손짓들입니다.

-2011. 5. 2 동해안 북단에서

멀구슬나무의 추억

까마득히 잃어버린 세월
고향집 앞마당 울타리에
커다란 나무 한 그루 있었지.

뽀얀 아지랑이 속에 한들거리는
새봄 이파리가 그리도 곱고
5월이면 자잘한 연보랏빛 구름 송이
안개꽃처럼 피어올라
라일락 향보다 더 진한
멀구슬나무 꽃향기 온 동네를 휘감았었지.

노란 열매는 잎 떨어진 겨울에도
푸른 하늘 속에 보석처럼 빛나고
산천에 눈 덮인 한겨울에는
직박구리 모여들어 잔치했지.

오! 너구나. 바로 너구나.
오랫동안 기억 속에 지워진 너.
갯바람 흐르는 완도의 갯가에서
연둣빛 고운 싹 틔우는 멀구슬나무.

풀 넝쿨 감아 오르던 울타리 없애고

말목처럼 버려주던 멀구슬나무 베어내어
황토벽 담벼락으로,
다시 시멘트벽이 되어버린
고향 집 앞마당 갑갑도 하더니만
잊힌 너를 이렇게 짜빡 만나니
뭉클하구나, 긴 세월 빈 가슴 속에
오롯이 남아 있었구나.

잊힌 나무 하나도 이리 반가운데
그리운 사람이면 얼마나 반가울꼬.

-2011. 5. 28. 완도 해변에서

멀구슬나무

들바람꽃

천 년 세월 잠들듯
태고의 적막이 감도는
깊은 산, 숲 그늘에
봄바람이 일깨워 준
바람 같은 사랑 얘기.

바람 따라왔다가
바람처럼 사라진
이제는 전설이 되어버린
애달픈 사랑 그려
숲속 잎새 하늘 바라
해마다 피워낸 하얀 순수.

바람결에 온몸 흔들리며
기도하듯 피워내는 꽃.
바람처럼 시종 떠도는
사랑앓이 외로운 나의 영혼.

둘은 영락없는 닮은 꼴
들바람꽃.
들바람 영혼.

-2012. 4. 29 태백산에서

잡초

족보도, 가족도 있다.
이름도 있다.
알아보는 이 없어도
외롭지 않다.

오늘도 상처 난
아픈 땅 구석 찾아가
옆에 함께 한다.

아픈 마음 달래주려고.
상처 난 땅 곁에 자리 깔고
그냥 머문다.

다정히 말 건네며.
초록 실로 옷을 짠다.
아픈 땅 자락에
초록 옷을 입혀 주려고.

-2013. 5. 11. 변산반도 내소사에서

갯바위 인동초

푸른 바다 헤집고 달려오는 거센 파도
쉬임없이 너울너울 춤추듯 밀려와
천 년 두고 끄떡 않는 바위벽 후려치고
산산이 부서지는 하얀 물방울
높이 치솟지만, 다시 바닷속으로 사그라집니다.

매섭게 몰아치는 거센 풍랑과
바람 따라 흔들리고,
부서지는 하얀 파도의
흩날리는 물보라 뒤집어쓰며
벼랑 끝 언저리에 뿌리 얹은
가녀린 인동 덩굴.
긴 겨울 찬 바람, 물보라 견디어 내고
금꽃, 은꽃 모아 꽃 무더기 피어 올립니다.

거친 바람이기에
차가운 물보라이기에
꽃 빛깔은 금색, 은색으로 더욱 빛나고
달콤하고 진한 향은 바다를 덮습니다.

-2011. 6. 12 거제도 해금강 신선대에서

큰앵초를 보며

큰앵초
널 위해 피는가?
숲속 후미진 곳
붉은 꽃 한 송이.
앙증맞게 이쁜 자태.

저처럼 곱게
피어나는 까닭이
정녕 있을 터인데...
누군가를 기다리는 애타는 갈망.
결단코 사람은 아닐 터.

꽃을 볼 적마다
곱다고 느낄 때마다
널 위해 저리 곱게 필까?

꿀 찾는 벌나비가
고운 꽃을 어이 알까?
꿀 있으면 됐지.

숲속에 피는 꽃은
널 위해 저리도 곱게 피나?

물을 곳도 모른 채 또 한 해가 가네.

-2012. 6. 5. 문경 주흘산

큰앵초

송백정 배롱나무

송백정 배롱나무 묵은 숨결
가슴에 와 닿는다.

긴 세월 지켜온 투박한 삶.
심어준 임 떠난 지
긴긴 세월 흘렀어도
단심(丹心)인 양 피워내는 붉은 꽃 이파리
해가 갈수록 진하게 피어난다.

배롱나무 빼꼼 사이로 드러나는 하늘과
그 좁은 틈새에 비집어 드는 억불봉은
예전 그대로인데
풍우에 닳은 고택(古宅)은 가랑비도 버겁다.

옛 주인은 떠나고 고택은 낡아가도
풍우에 닳은 배롱나무
세월 갈수록 위세 등등이니
객인 듯한 자연은 유구한데
주인인 양 설쳐대던 인생만이 덧없음을
왜 몰랐던고.

−2013. 5. 15 장흥읍 평화리 송백정에서

개불알꽃

사방을 둘러봐도 홀로다.
산 깊고 숲 넓은 곳에
환히 드러낸 빛깔 고운 이쁜 모습.

견물생심이라 보는 이마다 탐하니
역신(疫神)의 시기 피해
천(賤)한 이름 장수(長壽)도 개소리던가.
개불알꽃.

이쁜 것도 죄(罪)로구나.
어디에 숨을꼬.

−2013. 5. 26 금대봉에서

복주머니란(개불알꽃)

미인송 숲에 드니

밤새 천지(天池) 영봉(靈峰)
그리며 설레다 깨어난 아침.
미인송(美人松) 숲에 드니
다시 꿈길로 빠져드네.

달빛에 고이 씻고
별들과 노니는 듯
황금빛 고운 자태로
우뚝 솟은 장대.

밤새 그리던 영봉의 환영(幻影)인가?
범접할 수 없는 기운 서려
높아 보이는 임의 모습
작아지는 이 마음.

내 그 앞에 서니 보잘것없는
한갓 조그만 초목이어라.

-2011. 6. 16. 백두산 이도백하에서

이도백하 미인송

백두산 담자리꽃나무

하늘 아래 거룩한 영봉(靈峰)
하루에도 몇 번씩
들고 나는 안개구름
신비의 베일 되어 백두(白頭)를 감싸 돈다.

새로이 드러날 적마다 신비감 드높아
백두는 빛나고 천지는 더 푸르다.

빛나는 청잣빛 호수 위에
오롯이 솟아나는 황백색의 맑은 꽃
순결과 정감을 함께 아우른
백의민족의 해맑간 미소요 넋이로다.

청초하고 고운 모습 기려
백두의 바람도 그 꽃에 머문다.

−2011. 7. 8. 백두산 철벽봉에서

백두의 비로용담꽃

맑다. 곱다. 청잣빛 꽃망울
내 가슴은 마법의 주술에 걸려
심장이 멎는 듯
호흡도 잊습니다.

백두의 하늘이
천지의 물빛이
은은하고 푸르게
비로용담 꽃잎에
사뿐히 내려앉았나 봅니다.

맑고 푸른 꽃망울,
보는 눈조차 시립니다.
청잣빛 작은 꽃 통속에
몸과 마음 잠기고 싶습니다.

무딘 가슴에 꼬옥 담아 두고 싶은
천상의 맑은 빛깔
백두의 비로용담꽃.
아직 나는 그 속에 있습니다.

−2011. 7. 8. 백두산 옥벽폭포 능선길에서

백두의 기생꽃

애잔하고 여린 연초록 이파리,
그 잎새에 둘러싸여
꽃기린 목처럼 한 줄기 뽑아 올린
가녀린 꽃대 끝에 아롱진 눈망울.

닐 위한 기다림인가?
소박한 하얀 꽃이 오히려 화려하고
단아한 꽃 머리에 황금빛 일렁이는
백두 기생꽃의 수려한 자태.

모진 바람 헤집고 피워 올린 고운 꿈.
엷은 바람결에도 속삭이듯
하느작거리는 날렵한 자태.
미소만 보내던 꿈속의 임이런가?
뽀송뽀송 살아있는 나의 작은 꿈.
하얀 미소에 녹아드는 나의 그리움.

-2011. 7. 8. 백두산 옥벽폭포 능선길에서

복주머니란 꽃무더기

곁에 있으니 마냥 좋소.
복주머니란 꽃무더기.

스치는 맑은 바람 느끼니
내 살아있음 알겠고
따스한 햇볕 있으니
아쉬울 것도 없소.

꽃, 바람, 햇볕 있어
그냥 행복하오.
복주머니란 꽃무더기와 함께.

−2013. 6. 7 연길 천교령에서

황송포 백산차(白山茶)

하늘 열리던 태초의 기운이
면면히 남아 이어오는
이 땅의 성지(聖地) 백두(白頭) 자락.

산 높고 골 깊어
산 끝자락은 구름에 잠기고
깊은 골은 안개에 싸인
범접할 수 없는 비경 천지에
새어드는 것은 별빛과 달빛뿐이요
청풍만 드나드는 적막 고원(高原) 황송포.

별빛만이 흐르는 숲속의 먹밤에는
안개 품속에 잠겨 맑은 향(香) 모으고
달 지는 새벽에는
여명의 빛살 아래 백두 정기(精氣) 가득 채워
망울망울 일시에 뿜어내는
백산차 하얀 꽃송이.

꽃송이 고와 눈부시고
배어나는 맑고 강한 향 들이키니
씻김굿 마친 혼령인 양
나의 넋도 백산차 맑은 향에 잠기어 든다.

백산차

백두산자락 황송포 백산차 곁에서
나의 넋은 훨훨 하늘로 나래를 편다.

−2013. 6. 8 백두산 북파 황송포에서

풍선난초

한 줄기 스며드는
한낮의 햇살마저
울창한 삼림에 갇혀버린
백두의 지하삼림.

백주의 어스름 숲속
외지고 후미진 곳에
꽃뱀의 붉은 혀처럼
소름 돋게 피어나는 연분홍 꽃송이
정녕 요화(妖花)로구나.

농염한 꽃빛깔과
후려내는 가녀린 꽃줄기.
피어나는 요염한 꽃웃음.
아! 심장 찢기는 아픔 온다 해도
지나칠 수 없는 아리따운 모습.
탐미(耽美)에 옥죄여 자지러진다 해도
기꺼이 빠져들고픈 꽃
요화(妖花), 풍선난초.

-2013. 6. 9 백두산 지하삼림에서

선봉령 장지석남꽃

적막, 태고의 정적 속에
별빛만이 내려앉아
쉬었다 가는 곳.

종비나무 처녀림(處女林) 틈새로
은은한 향과 바람 소리
밤새 흐르는 선봉령.

숲속 꼬마 요정
별빛 더불어 노니다가
동트자 훌쩍 떠난 별님이 야속해
뾰로통한 붉은 입술
장지석남꽃이 되었나?

별빛 속 옛 사연 밤새 되뇌며
좋알대는 요정의 입술.
귀 대면 귀엣말 들리려나?

앙증맞게도 이쁜
곱고도 고와 하 서러운
선봉령 장지석남꽃.

−2013. 6. 10 중국 연변 선봉령에서

방태산 꽃개회나무

태백준령 올라보니
만산은 발 아래 첩첩이고
내린천은 청산 골골을
하얀 비단으로 휘감았네.

울울창창 녹음은 짙어가고
산마루에 흰 구름 꽃처럼 피어나는 곳
보랏빛 꽃무리 청산에 펼치니
곱고 맑은 향도 심산계곡 흘러가네.

산마루 꽃까지 찾아온 벌나비는
산 아래 꽃 두고 왜 여기 왔나?
속진 떠나 하늘 아래 피어나는 꽃송이
고고히 피는 꽃이라서
심산거처(深山居處) 벌나비만 아는가?
청아한 모습이 예사롭지 않구나.

요정 같은 벌 나비만이 찾는
하늘가 고산준령의 보랏빛 꽃송이에
불쑥 찾아든 속진의 불청객
맑은 향 고운 자태에 넋줄 놓았으니
때[時] 흐름도 잊었네.

하산길도 잊었네.

-2012. 6. 23. 강원도 인제군 방태산에서

꽃개회나무

가거도 갯강활

보고 보고 또 둘러봐도
하늘과 바다뿐.
마침내 바다와 하늘이
하나로 보이는 속에
외로운 섬 가거도가 있다.

고개 들고 또 쳐들어 봐도
일렁이는 먼 바다 끝
하얀 물보라만 아물가물.
목 늘여 기다림에 지친
가거도 갯강활.

목 빼어 기다리는
까닭없는 그리움은
갯가의 쪼매한 풀을
끝내 장승처럼 키웠나 보다.

하늘, 바다만큼 가없는
절절한 그리움.
가거도 갯강활.

−2013. 6. 1 신안군 가거도 섬등반도에서

갯강활

묵정밭 독미나리

잘 가꾸고 벌어온 습지 논 한뺴미
몇 년 버려두었더니만
묵정밭이 되었네.
독미나리만 무성히 자랐네.

'논 버렸다'고 한탄하는 땅 주인
멸종위기 귀한 식물
'보전해야 한다'는 환경인(環境人).
갈아엎어! 말아!
인간 세상사 맞고 그름
만만한 게 하나 없네.

몇 년간 자유로운 내 마음
갈수록 묵정밭 되어가네.

내 친구 이웃 사람
오히려 '자연인답다' 는데
묵정밭 내 마음
뒤엎어! 말아!
내 인생사 오갈 길
만만한 게 하나 없네.

−2011. 8. 11.횡성군 둔내습지에서

금강초롱꽃

그저 보고만 있어도
가슴 설레는 꽃.
못 다한 삼킨 언어
연보라빛 꽃초롱에
불로 밝히는 꽃.

기나긴 날
아픔을 참고
어찌하는 수없이
그저 살아 주어야만 했던
지난 세월
순수와 꿈과 설렘만을 모아
청사초롱 불을 밝힌다.

인적 끊긴 고요에 숨어
청잣빛 추억을 알알이 피워올린
금강초롱꽃.

−2013. 8. 25 오대산 상왕봉 능선에서

싸리나무 꽃처럼

가냘픈 가지에
자잘한 이파리 엉기어
있는 듯 없는 듯
홀로 자라더니만
외로이 흔들리더니만.

초가을 하늘빛에
드러난 맨 가슴은
서러움 삭여 태워 올린
새빨갛게 타오르는 불꽃이었다.

내 것이라곤 하나 없이
모든 걸 버리고 훌훌 떠나야 할
빈손지기 인생 여정에
붉게 타는 가슴만은
그냥 두고 갈 순 없지 않은가?

싸리나무 꽃처럼 피어나는 붉은 마음
서러움도 그리움도 외로움도 모두 삭여
한 번만이라도, 한 번만이라도
싸리나무 꽃처럼 그렇게 불타고 싶다.

－2011. 9. 4. 수리산 자락에서

한라산 바늘엉겅퀴

거칠게 몰아치는 바람보다
더 강하고 찔겨야만 살아남는
한라 기슭 거친 벌판에
움 틔워 자라온 지 수수만년.
포기할 수 없고 물러설 수도 없어
오늘도 거친 바람 오롯이 받으며
바늘보다 곧은 의지 한데 모아
화려한 꽃망울 한껏 부풀린다.

바람 찬 거친 벌판 백록 기슭에서
바늘처럼 덮인 가시 섬뜩할지라도
살갑고 고운 붉은 꽃 마음
뉘라서 알까?
향 되어 꿀 되어
한라의 벌나비 품어 안는 붉은 마음을.
기다리는 애틋한 그 마음
뉘라서 알까?

−2011. 9. 9. 한라산 백록담 기슭에서

쥐깨풀꽃

한여름 땡볕 더위에 타들어가도
세찬 비바람에 흔들리며 꺾여도
기를 쓰고 피어나는 꽃!
누가 쥐깨풀을 잡초라 부르는가?
아름답고 강한 생명이 있는 꽃을.

아무리 작고 보잘것없이
발밑에 피어나는 꽃이지만
한 잎 한 잎 잎을 보고
한 장 한 장 꽃을 보고...
보면 볼수록 곱고도 다정하게
연인처럼 미소 지며 다가오는 꽃.

이름 없는 꽃이 어디 있는가?
쥐깨풀 이름을 불러주면
살포시 내 곁으로 다가와주는 꽃.

그냥저냥 지내는 사람들도
불러주고 손짓하면
쥐깨풀마냥 미소 지며 반겨줄까?

쥐깨풀이 마냥 곱기만 하네.

−2012. 9. 8. 횡성군 풍수원에서

쥐깨풀꽃

넉줄고사리

석양 노을 내려앉아
곱게 물든 단풍빛
지난 세월 꿈빛이다.

세찬 바람 속
차디찬 새벽이슬에
야금야금 기지개 켜듯
여명빛에 뻗어온 한 뼘 한 뼘
내어뻗는 솜털 같은 작은 넋줄이여!

무정하게 굳어버린 바윗덩이
어르고 달래가며
질긴 삶을 붙여간다.

내일인들 다르랴?
척박하고 단단함은 그대로인데
그래도 또 한 뼘 뻗어가야하는
넉줄고사리!

지나온 길이 그러했듯
오는 길도 그러하겠지만
그래도 감싸안은 꿈 있기에

바위 핥는 아픈 삶일지라도
새 꿈 기리는 생명줄의
처연한 순명(順命)을 본다.

−2011. 10. 11.삼악산 암릉에서

넉줄고사리

바위구절초

거친 바람과
뼈 시린 냉기 속에서도
수수 만대
굽힘 없이 지켜온
강인한 생령(生靈).
올해에도 맑고 곱게
꽃망울로 피어난다.

거칠고 무심한 바위틈일지언정
한 줌의 흙만 있으면
무엇을 더 바라랴?
줄이고, 비우고, 버리고서야
피어나는 한 송이 하얀 꽃망울.

되풀이되는 무궁 세월에도
백두대간 능선 이어지듯
유연하게 이어 온 숭엄한 삶은
변함없는 빈 마음일 터.

바위구절초

바위구절초 앞에서
한 줌의 흙에 자족하는
빈 마음을 배운다.

−2012. 9. 21. 석병산에서

꽃향유

꽃도 아름다운데
향기마저 고우니
어찌 이쁘지 않으리오.

나, 꽃처럼 곱지 못하고
향기롭지도 못하니
보고 좋아라도 해야죠.
곁에 두고 닮아라도 가야죠.

그리운 임 같고
닮아도 보고 싶은 꽃향유!
온갖 꽃 지는 늦가을에
배시시 피어나니
더욱 더 곱소이다.

-2011. 10. 23 지리산 법계사에서

산국(山菊) 향 고운 저녁

숲그늘에 가렸던 푸른 하늘
한둘 낙엽 지니 도드라져 다가오고
파고드는 햇살 아래 꽃잎도 곱다.

마른 가지 나무 끝에 찬바람 일고
숲그늘 엷어지는 쓸쓸한 벌판에
함성인 듯 피어나는 샛노란 꽃무더기
그늘에 갇혀온 세월 떨치고
저무는 계절에 반기를 든다.
샛노란 꽃 이파리 생기 더욱 돋아난다.

지는 해 짧아지고 찬 서리 짙어지니
산국의 함성 언제까지 이어질까?
피는 산국 곱다마는 지는 가을 어이하리.
낙엽 지는 바람 소리에 가슴 내려앉고
산국의 맑은 향 탐할 날도 멀잖다.

해마다 떨쳐내는 묵은 그리움이건만
산국 향 고운 저녁, 이 밤 어이 지새울까?

-2011. 11. 12. 남이섬에서

산국

차나무 꽃[茶花]

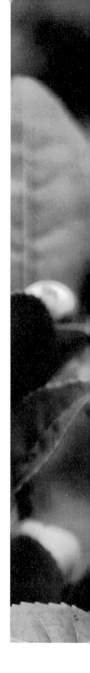

산야에 낙엽 지니
그제사 드러나는 초록 떨기
잎새 사이에
살포시 피어나는 순백의 넋.

외간 남자 눈길 피해
고개 숙인 산골 처녀처럼
잎새에 반쯤 가리운
내리 숙인 구름꽃.

크지도 않지만
소담한 꽃.
금빛 꽃술 넘쳐나지만
현란하지도 않은 꽃.

맑고도 차가운 향
옅은 듯 짙어
정 깊어도 다가서지 못하는
내 그리운 사람과도 같은 꽃.

-2011. 11. 7 피아골 연곡사에서

차나무

갯벌가 물억새

갯바람에 휘둘리고
찬바람에 흔들려도
꿋꿋하고 억세게
제자리 지켜내는 삶의 아픔이여!

바닷물 들고나는 갯벌가에서
절규하듯 피어올린 하얀 송아리들
작별의 손짓인 양 은빛 물결 너울속에
갓털씨앗 알알이
새 삶 잡이 길을 떠난다.

정처도 없이 방향도 모른 채
암호처럼 새겨진 생의 시그날 품고
내일 찾아 떠나는 갓털씨앗이여!

날아라 하늘 높이,
퍼지거라 땅끝까지.
바다건 돌밭이건
'어디서든 살아나야 하거늘'

물억새

하늘보다 땅보다 무거운 생로병사 길에
숨겨진 암호문을 풀며 풀며 살아야 하는
우리네 삶의 여정처럼
'어디서든 살아나야 하거늘.'

−2011. 12. 30. 신안군 천일염전에서

분홍바늘꽃 잔해를 보며

붉은 태양
밝게 빛나는 햇살 아래
화려하게 피워 올린 분홍 꽃망울.
천지가 화사함에 달아오르더라.
분홍바늘꽃의 현란한 꽃잔치에.

누구인들 아랴!
누구인들 모르랴!
왔다가 사라지는
화려함에 이어지는 처절한 슬픔을.

한 생을 끝내고 귀천하는 길목에
늘어선 만장의 행렬.
남은 자의 화려함이요
가는 자의 장탄식(長歎息)이거늘.
풍장(風葬) 되어 사라지는
화려한 분홍바늘 꽃대의 슬픈 잔해에서
화려한 오늘의
내일을 본다.

늘상 함께하면서도
빙긋이 웃으며 말없이 기다리는

검은 그림자의
보이지 않는 숨결을 느낀다.

－2011. 1. 22. 한겨울 분홍바늘꽃 잔해 앞에서

분홍바늘꽃

설중(雪中) 산수유

산천에 눈이 채 녹기도 전에
개나리보다 앞서 샛노란 꽃망울로
언 땅에 봄소식 귀띔하던 산수유.

굵직한 묵은 줄기에
올망졸망 꽃송이
야산 자락과 동네 언저리를
노란 꽃물결에 퐁당 잠기게 하더니만....

여름 가고, 가을 가고
흰 눈 펑펑 쏟아지는 한겨울.
백설의 천지에 불꽃 솟듯
붉은 열매 주저리주저리 도드라져
먹거리로 산새를 유혹하는 산수유.

꽃도 이쁜데 열매도 곱다.
배고픈 직박구리 배 채우며
이 가슴의 춘심(春心)까지 지피니
하는 짓마다 곱기만 하다.

닮고도 싶어라,
산수유 한살이,

−2013. 1. 서울 올림픽공원에서

산수유

매화 꽃망울 다시 보니

작년 봄 매화꽃 아직 눈에 선한데
어느새 설중 매화 꽃눈이 부풀었네
옛 봄 이미 가고 새봄이구나.

새 꽃을 보니 한 해가 언뜻
흘렀나 보다마는
되돌아본 지난날은 어제만 같구려.

이렇게 살아온 연년이 쌓여
한평생 이루나니
일생이라야 한 조각 피어나는 구름이요
한 철에 스러지는 꽃망울 아닌가?

삶, 하루하루가 피어나는 꽃이요
말, 한 마디 마디가 향기이고 싶으오.

−2011. 2. 15. 장흥 안양 운정골

매화 꽃망울

제2부
구름 따라

푸른 하늘에 새털구름
한가로이 흐르고
온갖 산천초목 우쭐우쭐 솟는데
무슨 미련 남아 미적대느냐?

꽃 따라 꿈길 따라

가자! 벗님네야
꽃 따라 꿈길 따라
꽃 능선 끝 닿는
하늘 저편까지.

푸른 하늘에 새털구름
한가로이 흐르고
온갖 산천초목 우쭐우쭐 솟는데
무슨 미련 남아 미적대느냐?

빠안히 보이는 꽃 벌판 끝
그 끝엔 무엇이 있나?
손잡고 가보자.
달려 가보자.

그 언제 꽃길을 달려 보았더냐?
그 언제 꽃밭에 묻혀 보았더냐?
천 년을 살 것처럼 아등바등하지만
언제 살았더냐는 듯 스러져 가지 않느냐?
꽃 따라 꿈길 따라
지치고 저민 가슴
훌훌 털고 훨훨 날아 보자.

꽃길로 이어지는 곰재 철쭉길처럼
꽃 속에 묻히어 꿈 속에 잠기어
오직 너와 나만의 사랑과 꿈이 있고
여직 못 버린 근심과 걱정 없는
그런 꽃길 찾아 꿈길 떠나보자.

−2011. 5. 14. 제암산 철쭉길에서

곰재 철쭉제단

남산의 N서울타워

밤거리 서울의 빛 공해에
별빛도 빛을 **빼앗긴** 빈 하늘
남산의 꼭대기에서
서울의 밤을 지키는 외로운 파수꾼.

어슴푸레한 동녘 아침
어둑한 골목길
언제, 어디서나
서울의 한복판에 서서
내가 서울에 있음을 일깨워줬다.

남산타워!
서울의 이마이고 중심이었다.
서울사람 마음에 새겨진
당산목이었다.

언제부터인가 생뚱맞게
N 서울타워란다.

굽어보는 한강수에
서울의 애환과 아쉬움, 그리움
띄어 보내고

동트는 새 아침의 새 서울
오늘도 말없이 지켜보고 있다.

−2011. 3. 10. 서울 남산 성곽길에서

남산의 N서울타워

불곡산 상봉의 청송(青松)

바람 따라 내달리는
불곡산 겨울 하늘의 더미 구름
청솔가지 방석 자락에
하얗게 주저앉혀 쉬게 하고
발 아래 백화암 굽어살피는
불곡 상봉 낙락 청송(青松).
봄빛 새어드니
솔빛 더 푸르고 솔향도 그윽하다.

찾아온 산객, 그 빛과 향에 취해
청송에 마음 걸고 몸만 내려왔건만
어느새 몸 따라온 마음은
솔향 그윽한 불곡 청송
다시 가보자 조르네.

–2013. 3. 9. 불곡산 상봉에서

불곡산 솔빛

설악도 봄 햇살에 녹는데

설악!
거대하고 육중한 얼음산
지구만큼 무겁고
하늘만큼 높은 얼음 태산.

설악에 봄햇살 새어드니
노송의 솔빛 더 푸르고
얼음에 묻힌 검은 바위 드러난다.
설악도 봄기운에 녹는구나.

내 가슴!
세 치도 안 되는 좁은 구석에
어리는 찬 기운
응어리진 서운함은
언제, 어느 봄 햇살에
녹여질까.

설악도 녹여내는
봄햇살인데
이 마음에 봄바람은
언제 일려나.

-2011. 4. 8. 설악의 봄빛을 보며

청량산의 맑은 향

봄빛 어리는 춘사월에 청량산을 오르니
하늘 아래 기암괴석 여기가 어디 멘고.
굽이굽이 봉봉마다 선인들의
고운 향취 가득하고
산천은 푸르고 흰 구름 맴도네.

맑은 산천에 드니
이 몸이 부끄럽네.
간난신고 때의
욕심 없는 바닥 마음
빛바래고 도망가고
채울 수 없는 탐욕만이
앙상한 가시처럼 삐져나오는데
감싸도는 흰 구름에
이 마음 씻어볼까.

청량산의 청절한 그 향
행여 더럽힐까 두려움이 앞서네.

-2011. 5. 3. 봉화 청량산에 오르며

청량산

하늘이 바다에 빠져

미국 서부 1번도로 해변에서
바라본 하늘과 바다.

넓고도 높은 하늘이
끝이 있으랴.
넓고도 깊은 바다가
끝이 있으랴.

끝없으니
시작인들 있을까?

바다 저편에서 이어져온 하늘이
가없는 태평양을 덮으니
하늘이 바다에 빠지고
바다가 하늘을 안았네.

하늘, 바다 맞닿아
합일하는 점, 점, 점.
점들이 만나 수평선이 되었네.

파도에 실려오는
하늘과 바다의 은밀한 밤샘 대화

오로지 하늘 바라 귀 기울여
수평선만을 바라보는
해변 송엽국의 피어나는 미소
세월 가도 가도 멈출 날 없겠네.

−2012. 3. 12 미국 서해안 1번 도로에서

캘리포니아 1번 도로변 송엽국

섬진강변 매화마을

파란 봄빛 어리는
지리(智異) 하늘.
흰 구름 산을 넘고
맑고 고운 매향(梅香)은
섬진강을 감싸 돌고.

매향에 젖은 가슴
연둣빛 새움 돋아
매화꽃 한 송이
소롯이 피어나네.

그리운 이 어느새
가슴에 스며들어
한 송이 매화가 되었네.

섬진강변에 피고 지는
매화 꽃잎 따라,
나의 봄도, 꿈도, 사랑도
더불어 피어나고 함께 흘러가리.

−2012. 3. 24. 섬진강변 매화마을에서

동강의 뗏목

묻힌 세월이
잊힌 세월이
강물 따라 흘러가던가?

호드기 불어주던 산골 총각
그리움에 애타던 아우라지 처녀
뱃놀이 상춘객이 그 심정 알랴마는
사공의 무정한 삿대질이
강심(江心)을 콕콕 찌르니
강바닥에 가라앉아 전설이 되어버린
그 옛날 애달픈 사연
강바람 되어 되살아나는 듯싶다.

등골이 송연한 한 줄기 강바람
동강의 옛 사연 일깨우고 흘러가네.

뼝대 끝에 매달린
동강할미도 동강할배도
이제는 잊었는가?
애절한 정선아리랑 가락을.

떼돈 벌어 오겠다고
청옥 같은 푸른 물에
뗏목 타고 떠난 님!
임도 가고 주모도 떠나버린
동강의 푸른 물결 위에
세월 저어 엽전 줍는
사공의 삿대질이 무정도 하다.

동강할미는 이 봄도
붉은 가슴 열어젖혀
타는 마음 내보이는데
아픈 강심은 소리 죽여 말 없고
무심한 뗏목도 차마 못 떠나
강심 위를 빙빙 도누나.

－2012. 4. 11. 동강 한반도에서

진재를 오르며 · 1

호올로 간다
진재 산길을.
호젓함이 좋다.

상큼한 산내음
풋풋한 풀내음
짭조름한 갯내음
함께 어우러짐이 좋다.

한쪽에 넓디 너른 푸른 보리밭,
바람 따라 출렁이고
또 한쪽에 섬과 바다
황금빛 낙조의 물비늘이 곱다.

좋고도 고운 진재 산길이다.

-2012. 4. 17 신안군 지도읍 진재에서

진재를 오르며 · 2

진재 능선 마루길
곳곳에서 눈길 주는
산풀 들풀 곱기도 하다.

바람일 적마다
가려진 숲새에서
살포시 언뜻
속살 드러냈다가 되감추는
섬과 바다의 수줍은 자태.

요모조모 고운 비경(秘境)
그 또한 절경이네.
끝없고 다함이 없는
숨겨진 풍치가 꿈길만 같다.

-2012. 4. 17 신안군 지도읍 진재에서

팔영산(八影山)을 오르며

능가사 뜨락에 흥건히 내리 쌓인
땅바닥에 뒹구는 빨간 동백꽃.
세월 앞에 부질없는 지난날이 서러워
차마 밟지 못하여 가려 밟고
팔영산을 오른다.

지는 동백 두고 오니
피는 두견화 다가오고
길섶에 송알송알 풀꽃이 맺혔어라.
피는 꽃 곱다마는
지는 날이 기다린다.

등성이 오름길이 바다를 가려
바다는 숨고 하늘만 보이더니만
히어리 꽃 초롱이 길 밝히니
유영봉 정상이 어느새 발 아래 있네.

가리어진 바다는 까마득하더니만
확 트인 바다는 끝없이 멀구나.
보여도, 안 보여도 아득하기는 한 가지.
피고 짐도 한 때요
오고 감도 한 줄기 바람인 것을.

오늘도 바람 따라
팔영산을 왔다 가네.

—2013. 04. 07 고흥군 팔영산을 오르며

팔영산 유영봉

청남대 오각정

청산 깊은 대청호 오각정에 오르니
잔잔한 호면 위에 흰 구름 내려앉고
하얀 벚꽃 한두 잎 동동 떠가네.
예가 바로 천상도원일레.

물 구비 너머너머
아른아른 겹치는 산들이 배알하고
탁 트인 대청호에 하늘도 잠기고
달도 별도 잠기고.

뽀얀 물빛 따라 일렁이는 봄바람은
번져가는 물 둘레 따라
크게 크게 퍼져 나가는데
이 몸도 어느새 봄기운 바람 타네.

−2011. 5. 19. 청남대 오각정에서

섬진강 풀섶길

생명이 살아 숨 쉬고
태고의 청정이 흐르는 곳.
개망초, 갈풀 한들거리고
개개비, 풀여치 뛰고 나는 곳.

내 그리운 사람아!
원시가 있고 시방이 있고
뭇 생명이 어우러져 꿈틀대는
섬진강 풀섶길을 함께 걸어보자.

지리산 자락과 남쪽 바다
이어 주는 강.
푸르고 정겨운 우리 사이
이어주는 길.

내 그리운 사람아!
석양 노을 가라앉은 섬진강변
지리산 그림자도 쉬어가는 곳
어둠 풀어헤친 강변 따라
섬진강 풀섶 길 걸어보자.
아련한 꿈길 거닐어 보자.

−2011. 6. 4. 섬진강 풀섶 길에서

안갯속 공룡능선

하얗게 하얗게
짙은 안개 피어오르는
공룡능선을 걷는다.
하룻밤 산속에서
누릴 만큼의 배낭 무게 등에 얹고서.

가진 만큼 무겁고 버린 만큼 가벼운
삶의 무게를 느낀다.

자기 누릴 몫만큼의 무거운 배낭을 메고
뚜벅뚜벅 암벽길을 오르고 내린다.

짙은 안개가 앞을 가리지만
해 뜨면 걷히리.
선경(仙境)이 보이리.
가다 보면 끝이 나오리.

구름 속 신선놀이 같지만
막상 들어가니 첩첩이 고비이다.
우리네 삶의 길에 다시 선 것 같다.
험한 길 채근하며
발끝에 힘 모아 걷는 길이

고비 고비 참고 견디며
앞만 보고 걸어온
내 삶의 여정 같다.

욕심부려 살아온 만큼의
삶의 무게 등에 지고
꺼이꺼이 걸어온
내 삶의 여정 같다.

−2011. 7. 23. 설악산 공룡능선에서

공룡능선

슬로 시티 증도에서

천 년 두고 만 년 두고
달빛, 바다, 파도 그대로이고
섬 그림자도 더불어 있는
항상(恒常)의 대자연.

그 공간 속에
백 년도 기약 못 할
내 삶의 짧은 행로는
무엇을 바라기에
아침저녁 시시각각 변할까?

천지 운행 간에
바람처럼 왔다가
티끌처럼 사라질
유한자(有限者)의 무한 욕망.

그대로
그대로이어야 하거늘
아쉬움과 안달로
또 하루가 헛되었으니

어이 버릴까?
이 부질없는 욕심을.

−2011. 10. 13. 슬로우 시티 증도에서

증도 해변

성인봉(聖人峰)에 오른다

백두에서 지리까지
백두대간 큰 줄기
한 발 건너
오른쪽에
꽃 같은 점 하나.

휘이 휘이
성인봉에 오른다.

끝없는 창랑(滄浪)을 굽어보며
피어나는 꽃을 보며
고즈넉한 숲길따라
한 걸음 한 걸음
성인봉에 오른다.

한 걸음 오르면
한 걸음 낮아지는 바다.
두 걸음 오르니
사방이 두 걸음 낮추어 든다.

오르고 낮추어지고
그 사이 어느새 선인(仙人) 되어
성인봉(聖人峰)에 닿는다.

−2013. 10. 19 울릉도 성인봉에서

울릉도 성인봉(984m)

독도 땅을 밟으니

독도 땅을 밟으니
가슴이 찡해 온다.

내 땅 내가 밟는데
왜 눈물이 날까?
미운 놈들 패악 짓거리 없었다면
무심한 가슴에 감동이 일까?
미운 놈 증오 있어
독도 사랑 살아나네.

미워하는 마음 있어
사랑 있음도 알겠네.

우리네 세상만사 애증에 얽혔으니
이 맛에 꺼이꺼이 살아가나 보다.

-2013. 10. 19 독도 땅을 밟으며

독도

천왕봉의 새 아침

어둠에 갇히온 어제의 태양이
새 빛으로 환생하는 아침.
태양을 삼켰던 어둠도
빛을 토하고 스러져 간다.

천지를 감쌌던 검은 장막도
운해와 구름 뒤로 몸을 감추니
구름도 산도,
어둠과 숨바꼭질일 뿐이다.

오늘 하루 밝아오는 아침이
살아있음의 기쁨이요
주어진 남은 몫이 깎이는 슬픔이니
우린 매일 기쁨과 슬픔의 되돌이표이다.

천왕봉의 새 아침
어제 진 해 떠오름이요
뜨는 해 기움의 시작이다.

시작하는 마음으로
떠오르는 새 빛만을 보자.

-2011. 11. 3. 천왕봉 일출

천왕봉 새 아침

구엄리 파도처럼

깊은 바다에도
너른 바다에도
못다 채울 한맺힘이런가?

하얀 이빨 드러내고
내리치는 거친 파도와 포효
희디흰 함성으로
바위 위에 남는다.

하얀 소금이 된다.

못 버린 미움도, 분노도
버리고 버리고
말리고, 삭히면
구엄리 파도처럼
하얀 순수로 남아
한 알갱이 소금이 되려나?

-2011. 11. 20. 제주 구엄리에서

제주 구엄리

유달산

뻗어가는 노령산맥
가다가 멈춘 방점(傍點).
낮은 산이지만 큰 산.

목포인의 가슴에는
태산(泰山)이다.

일등바위 오르니
노적봉이 발 아래이고
호수에 연잎처럼
점점이 펼쳐진 다도해 섬들.
잊혀가는 삼학도가 그립다.

삼학도 학(鶴)의 부활인가?
목포대교 주탑이 하얀 나래를 폈다.
하늘을 나는 대붕(大鵬)의 날개 되어.

긴긴 세월을 가다듬은 유달산 얼이
수평선 너머 하늘로 솟아오를 듯싶다.

-2012. 10. 27. 유달산 일등바위에서

목포대교

추자도를 아는가?

그대 아는가?
하늘도 푸르고 청산도 푸르고
바다 또한 푸르디푸른 추자도를.

그대 아는가?
가슴팍 파고드는
두 살배기의 천진한 눈빛
피눈물로 외면한 채
동짓달 풍랑 거센
어둠 속 갯바위에 떨구고 떠나는
어미의 목멘 흐느낌을.
갈래갈래 찢기는
핏빛 멍든 슬픈 가슴을.

찢기고 멍든 가슴
푸른 하늘에, 청산에, 쪽빛 바다에
그대로 남아 있고
풍랑이 삼켜버린 그 날의 흐느낌
흑비둘기 울음소리로 남아있는
추자도를 아는가?

하늘이 잠긴 바다는 오늘도 푸르고
흑비둘기 울음소리 청산에 맴도는데
모질게 이어온 생명이 있기에
푸른 생기 넘쳐나고
쪽빛 바닷물 또한 슬프게 고운
추자도를 아는가?

−2011. 12. 15 추자도 올레길에서 황경한을 추모하며

추자도

수종사 삼정헌(三鼎軒)

흰 눈이 내리 쌓인 호젓한 산길을
살아온 행로만큼 오르고 내리고
굽이굽이 돌아서 아늑한 명지(名地)에 들다.

찬바람 견디어 내며 예불마침 기다려
시(詩)·선(禪)·다(茶)가 하나 되는
열반(涅槃)을 기리어 삼정헌(三鼎軒)에 들다.

다반을 앞에 두고 고운 사람 마주앉아
뜨거운 찻잔을 두 손에 받쳐 드니
다정한 눈웃음에 세상 번뇌 사라지고
냉가슴 쌓인 울화(鬱火) 다향 속에 누그러진다.

두물머리 굽어보며
청수호반(淸水湖畔)을 앞에 두니
마음속 얼음장은 물론이요
앞산 자락 백설마저
가슴에 녹아든다.

-2011. 1. 8 수종사 다실에서

수종사

빙폭 등반

명주실 타래 같은 폭포수
살을 에는 혹한에 맥없이 얼어붙었다.
수직의 얼음벽이 되었다.

건다.
한목숨
한 가닥 밧줄에.

빙벽을 타고
폭포를 거슬러 오른다.
자연에의 역행이다.
힘이 든다.

하강이다.
오름보다는 쉽다.
위험이 따른다.
추락에는 날개가 없다.

다만, 나에게만은
불행의 신이
멀리 있다고 굳게 믿는다.

자연의 흐름에 반하는 역행은
항상 힘이 든다.
언제나 위험이 도사린다.
하지만 나만은 예외라는 일념으로
오늘을 산다.

우린 내일을 모르는
행복한 바보들이다.

-2011. 1. 15. 무주채 폭포 빙폭을 오르며

무주채 폭포 빙폭 등반

연인산의 얼음꽃

해마다 철 따라
연분홍 철쭉꽃 피고 지고
새하얀 억새꽃 산자락을 싸고도는
연인산 봉우리.

한겨울 연인봉 빈 가지에
맑고 고운 얼음꽃이 피어납니다.

눈물 젖은 밤바람이 울어 머물고
밤하늘 별빛이 엉기었나 봅니다.

서리서리 내리 쌓인 하얀 그리움이
투명한 얼음꽃으로 영글어 갑니다.

연인산을 감도는 사랑의 넋이
오색 영롱한 빛 망울 되어
햇살 속 무지개로 되살아납니다.

-2011. 3. 23 연인산에서

연인산의 얼음꽃

백설의 백록담 기슭에서

온 세상이 오직 흰빛뿐인
백설의 백록담 기슭.
정상은 한 달음 거리 남았는데
숨 가쁨은 천 리 길만큼이다.

멀리 바다 위
흰 구름 밀려오고
하늘도 땅도
산자락도 내 마음도
하얗다. 온통 하얗다.

땀방울, 눈물방울 지난 세월
이제 이 백설의 하얀 천지에
모두 흩날리고 싶다.

대신에 사랑의 붉은 마음
진하고 붉게 달구어 보고 싶다.
진달래꽃 피어나는 한라산 자락처럼
백설의 기슭이 벌겋게 물이 들도록

-2011. 2. 17. 백록담 기슭에서

백설의 백록담 기슭

장백폭포에 부는 바람

바람이 분다.
백두의 거센 바람.

자작나무,
잎은 온통 떨려 나가고
사시나무 떨듯 바람 앞에
하얗게 벌거벗었다.
장백폭포의 가쁜 숨결만
하얗게 피어오른다.

바람이 분다.
백설의 천지에 일렁이는 7월 늦바람.
돋아나는 연초록 자작나무 잎새 사이로
드러나는 장백폭포
푸른 그리움에 아른거린다.

바람이 분다.
꽁꽁 얼어붙은 이 가슴에도
뜨거운 7월의 바람이 분다.
장백폭포 세찬 줄기 따라
회한(悔恨)은 녹아내리고

그리움의 아지랑이 어른거린다.

−2011. 7. 1. 백두산 장백폭포에서

장백폭포

나! 천지를 보았다

보아야 쓰갓는디.
못 보면 어쩐디야.

밤새 졸이는 마음
뭐! 그거 좀 보는데
3대가 덕을 쌓아야 한다고?
내... 참!

천지에 올라서서
천지 땅을 밟을 수는 있지만
천지를 못 본 사람이 천지란다.

아! 가보니 자욱한 안개뿐이다.

갑자기 서쪽에서 부는 바람 따라
안개가 넘실넘실 동쪽으로 밀려가더니
천지가 드러나기 시작한다.

아! 천지가 보인다.
예서제서 함성이다.
언뜻 스쳐 비켜선 안개 사이로
천지를 훔쳐본다.

애들아!
나! 시방
천지를 보고 있자니여!

-2011. 7. 2. 백두산 천지에서

백두산 천지

백두의 천지에 서다

하늘이 열리고
산이 일어나고
샘물이 솟는 곳
이름하여 백두산 천지.

백두산 줄기줄기 백두대간 이어지니
한반도 영봉이요 배달겨레의 넋이다.

무궁세월 염원이 발원되고
선열의 혼령이 깃들고
천추만대 이어져 온
한민족의 기상이 서린 곳.

나, 오늘 여기
무궁세월 속 한 점으로
백두의 천지에 서다.

-2011. 7. 8 백두산 철벽봉에서

초원의 빛

빛나는 햇살 아래
푸른 빛으로 스러져가는
고산 평원의 들풀이 살고지는 곳.
내 마음의 탯자리.

초원의 빛이여!
영혼의 손짓이여!

차디찬 밤이슬에 젖으며
세찬 바람에 시달려
바닥 땅에 붙어 고개 한번 쳐들지 못해도
피워내는 해맑은 꽃송이들
청초하고 맑은 빛에 가슴 시린다.

훨훨 날아 가보자.
저 산 너머 너머로
원망도 아쉬움도 애증마저도
드높은 산마루에 날려 보내자.
찬바람 밤이슬에 목축이고
눈비에 씻겨가며 살아온 세월이여.

태고의 정적에 잠기어 숨어드는
한 마리 작은 새가 되리라.

이름 없는 꽃으로 사그라지는
초원의 들풀이 되리라.

문명의 그을음 털어버린
백두의 맑은 바람 따라 날리는
한 줌 흙이 되리라.

－2011. 7. 8 백두산 용문봉 고원에서

소천지(小天池) 풍경

고운 숲의 어룽진 윤곽
호수에 잠기고
숲 사이로 새어드는 바람
잔잔한 멜로디로 호면에 흐른다.

거친 장백 바람에 지친
호변의 자작나무
새하얀 맨살 드러내고
물속에 잠겨
고운 몸매 씻고 다듬는다.

한 마리 물새 물살을 가르니
잠이 든 물그림자 흩어지고
몸 씻는 하얀 자작나무
놀라 움츠러든다.

괴괴한 고요 속에
바람 노래 스치는
꽃 요정의 소천지(小天池)
새하얀 자작나무
맨살 그림자 어룽대는 곳
화객(花客)의 마음도

벌거벗고 소천지에 빠져든다.

-2011. 7. 8 백두의 소천지에서

백두산 소천지

쉔브룬 궁전

하늘에 영광!
땅에도 영광!
천상, 지상의 권세 600년의 영화가
밤 한 토막 짧은 꿈이었던가?

땅 위에서 제일 큰 대리석 궁전이나
초라하기 그지없는 초가 단칸방이나
하늘과 땅 사이의 한 점일 뿐이요
남는 것은 주인 없는 흔적일 뿐이네.

남아 있는 흔적이며
흘러간 권세와 영광이 무슨 소용인가?
찻잔에 떠도는 한 가닥 향기와 같은 것을.

살아 있는 이 순간이 나의 천 년이고
오늘의 평안함이 무궁 행복이라.
나는 오늘도
내 작은 가슴에
나의 쉔브룬 궁전을 짓고
한 토막 짧은 꿈을 엮는다.

−2013. 2. 5. Wien(비엔나)의 쉔브룬 궁전에서

다뉴브 강가에 서서

천 년 제국의 역사 흘러 오고가듯
흘러가고 온다. 다뉴브 강물.

물비늘에 부서지는 햇살이
황금빛 일렁이며 사라지듯
우리네 삶도 한순간에 흩어지는
물비늘 빛살인 것을.

탁하면 탁한 대로
맑으면 맑은 대로
잘게 일렁이는 물비늘 빛깔처럼
색색의 스펙트럼 속에
살다지는 짧은 빛살 같은 생이여!

크고 작은 너울 안고 흐르는 다뉴브 강.
물굽이 몰아치는 거센 풍랑 속에
때론 속삭이듯 일렁이는 잔물결 속에
황혼의 윤슬처럼 사그라지는 물그림자
꿈결 속에 살아온 나의 그림자 같구나.

잔잔한 물결에 부서지는 저녁놀 햇살은
도도히 흐르는 다뉴브 강 어스름에 잠기는데

한 세월 살아온 나의 그림자는
어느 강에 드리워 사그라지려는가.

속살 내비치는 나의 생생한 그림자
다뉴브 강 물비늘에 들이밀어 볼까.
물그림자 지는 강 물결에.

−2013. 2. 5 비엔나 다뉴브 강가에서

다뉴브 강

칭다오 벌판에 해가 지니

칭다오 벌판에 해가 지니
광활한 대륙이 어둠에 묻히고
천지간에 이 몸 한낱 티끌이다.
객창을 밝히는 불빛도 졸립다.

밤바람 숨죽여 이슬에 머물고
어둠은 대지를 감싸
하늘과 땅의 밀회를 지켜본다.

깔리는 어둠
밀려오는 꿈결 속에
잊으려는 그 얼굴
오늘따라 그립다.

어둡고 황량한 이 벌판에서
꿈 나들이 떠나서라도
만나고픈 이 마음 알기나 하려나.

-2011. 4. 27. 중국 칭다오(靑島) 객창에서

신비(神秘)의 길

온갖 것 다 드러내면
제아무리 고와도
홀라당이다.

아무것도 없는 깜깜을
감추고 감추면
그것은 꽝이다.

은둔의 땅,
보일 듯 말 듯한
히말라야 설봉(雪峰)들!
신의 영역에 접근하는
안나푸르나 길은
신비의 길이다.

들고 나는 구름 사이로
돌아가는 산모롱이 사이로
언뜻언뜻 스치는 심산계곡과 설산(雪山)
운무에 들락거리니
더욱 신비롭기만 하다.

억겁의 세월을 이어온 설산이기에

가보지 못한 은둔의 땅이기에
지금 그곳으로 가고 있기에
설레는 마음은 신비에 잠긴다.

신비는 감춤이요
설렘이요
기다림인가 보다.

−2012. 10. 3. 안나푸르나 길, 란드룩에서

안나푸르나

ABC 위령탑 타르초의 말

두려우리만큼 시퍼런 하늘빛!
하늘에 닿을 만큼 높이 솟아오른 백설의 태산준령
더는 바래질 수 없도록 다 바랜 하얀 설봉(雪峰)
설봉 위에 외롭게 맴도는 흰 구름 한 점.

내 이 모든 것이 좋아
뜨거운 가슴에 품고
마음 그리며 살다가 찾아와
이곳에 누워 있소.
긴 세월을 바로 이곳에.

다시 돌아가지 못하여
이곳에 머물러 있지만
수억 겁의 세월이 흘러
히말라야 설산이 태양에 녹아
고비 사막의 모래 먼지처럼 폴폴 날릴지라도
당신들을 사랑하는 이 마음 녹을리야 있겠소?

하지만,
이제는 돌아가고 싶소!
모든 것 다 잊고, 뒤로 하고
내 그리워 찾아온 이곳이었지만.

이제 돌아가리라.
이제 찾아가리라.
신의 영역에서 벗어나
사람 냄새, 소똥 냄새 폴폴 풍기는
아버지의 할아버지의
당신들의 세계로 나 돌아가리라.

아버지와 할아버지가 그랬던 것처럼
당신들의 그 땅에서 한 줌 흙이 되어
나도 그렇게 흙 속에 흙이 되고 싶다.

그렇게 그렇게 당신들처럼.

-2012. 10. 5. ABC 위령탑 타르초 앞에서

주) 타르초(Tharchog)는 긴 줄에 만국기 같은 오색 깃발을 줄줄이 이어 달은 것으로 만트라, 경문 등 히말라야 사람들의 염원이 담긴 기도문이 씌어 있습니다. 이 타르초를 높은 곳, 건물의 옥상이나 나뭇가지 등에 매달아 놓으면 바람이 신께 그 기도를 대신 해준다고 합니다.

ABC 위령탑 타르초

히말라야 영봉 마차푸차레

네팔의 포카라 시내
어느 곳에서나
우뚝 솟아 돋보이는
마차푸차레 설봉.

북극성처럼 변함없이
하늘 끝 닿는 곳에서
네팔인의 가슴 속에서
제자리 지키는 마차푸차레 설봉.

네팔인의 상징이요
기상이다.

페와호에 잠긴
또 하나의 마차푸차레
삼라만상 잠든 밤에 별빛 타고 내려와
호수 속에 들어앉아
달빛 아래 정갈스레
억겁 세월의 매무새를 가다듬는다.

히말라야 영봉 마차푸차레는
하늘 끝에서

페와호에서
오늘도 포카라를 내려다본다.
오늘도 포카라에 머물고 있다.

—2012. 10. 8. 네팔의 페와호에서

페와호 반영(反影)

코타키나발루 산(山)을 오르며

오르고 오르고
또 오른다.
코타키나발루 산(山).

정상에 점 찍을 때까지
그저 오름만 있는 산,
하여, 하산도
나래 없는 추락처럼
그저 내 달리듯 미끄러져 내려온다.

산은 말한다.
오름만큼 내림 있고
내림만큼 오름 있다고.
자연의 이치는 한결이다.

살아가는 삶의 여정이
힘들고 어려워도
고비 속에 풀림 있고
편안 속에 불안이 크는 법.

힘듦 속에 쉼이 있고
정상에 오르면 하산이 기다리는

산행길이 바로 삶의 여정(旅程)이요
오름 만큼 내림 있음을
코타키나발루 산은 말해준다.

−2013. 9. 27 코타키나발루 산(山) 산행길에서

코타키나발루 South peak

제3부

그리움 있기에

그리움은 하나가 아니다
아롱지는가 하면
때론 눈앞에 잡힐 듯이
선연히 나타난다

그리움 있기에

그리움이 있는 곳은
가고 싶은 곳이다.

그리워 생각나는 사람은
보고 싶은 사람이다.

가 보아도 허전하고
만나도 아쉬움 남는다면
어찌할까?

끝없는 그리움 있기에
방랑의 길은 계속된다.

−2011. 6. 5. 장성 축령산 편백 숲길에서

호수의 물그림자

바람처럼 밀려오는 보고픔이여!
그리움의 그림자를 좇아 나선다.

그리움은 하나가 아니다.
아롱지는가 하면
때론 눈앞에 잡힐 듯이
선연히 나타난다.

그리움은 물결처럼 바람 타고 온다.
호수 있어 물그림자 있듯이
추억 있어 그리움 살아난다.

잊으려는 그리움은
호수 주변을 맴돌듯
추억 따라 빙빙 맴돌고
진한 물그림자로 나타난다.

호면에 풍랑이 인다.
가슴에 맺힌 아쉬움일랑
기다림에 지친 그리움일랑
산산이 흩어져 날아가려마.

깊은 시련일수록
기나긴 세월일수록
그리움은 더욱 진하고
향기로워 가나 보다.

−2011. 7. 6. 일산 호숫가에서

일산호수

대나무숲에는

대나무숲에는
수많은 이야기가 숨어 있다.

대나무숲에 바람일 적마다
숨겨진 이야기
그리운 얼굴이
폴폴 새어 나온다.

대나무숲에는
어린 시절의 내가
그리고
함께 뛰놀던 벗들
아직 남아 있는 그리움과
추억이 숨어 있어
볼 적마다 가슴 설렌다.

쏴아! 쏴아!
댓잎 스치는 바람소리
달무리처럼 맴도는
희미한 옛 그림자.
가만히 눈을 감고
귀를 기울인다.

마음은 벌써 아득한 고향길
꿈 찾아 길을 떠났다.

-2011. 9. 2. 범어사 대나무숲에서

범어사 대나무숲

겨울눈[越冬芽]

살아온 긴 세월
다시 이어가야 할 무궁 세월
한 점 꽃눈으로 끌어안은
여린 가지 끝에
삭풍은 거세고
눈보라 매서웠다.

살아 보기도 전에
삶을 포기할 수 없고
피어 보기도 전에
꽃 피움을 포기할 수는 없는 것.
수수 만대 대를 이어온
야초의 숭엄하고 아름다운
생의 법칙이다.

낙엽은 졌지만
남긴 뜻은 살아남아
혹한이 어르고
칼바람이 씻겨내도
연약한 겨울눈은
오직 견디어 낼 뿐이다.

죽어도 죽일 수 없는
생명의 뜻이 있기에.

−2012. 3. 5 사패능선 범골에서

갯버들 겨울눈

흑산도 그리움

푸르다 못해 바다 검고
짙다 못해 숲 검은 섬.

지독한 그리움이
다가설 수 없는 그리움이
가슴 속에 묻히니
어둠에 갇힌 빛이 되어
쉬임없이 애를 태운다.

빛 속에 어둠 있고
어둠 속에 빛 있다지만
어둠에 갇힌 빛은
외로움과 그리움의 극치.

사그라지지 않고
내비치지 못하는 타는 그리움.
그리움은 더욱 밝아지고
외로움은 더욱 짙어져
애타는 가슴은
까맣게 타들어만 갔다.

흑산도 그리움은
출구 없는 어둠 속의 빛처럼
가슴 속에서 더욱 살아나는
타는 그리움이었다.

−2013. 6. 1 흑산도 정약전 유배지에서

정약전 유배지인 흑산도 사리마을

늘상 거기 있는 사람

늘상 거기 있는 사람.
이야기하고 싶을 때
전화할 수 있고
보고 싶을 때
만나 볼 수 있는 사람.

외로울 때
마냥 한없이
그리 그리
보고 싶은 사람.

하! 눈물 나
쳐다보는 빈 하늘에
떠오를 모습.

함께하는 차 한 잔에
가슴 따뜻해지는
늘상 거기 있는 그런 사람
있었음 싶다.

-2012. 1. 20. 빈 가지 남은 잎 하나

이렇게 눈이 내리는 날이면

하얗게 짙어진 은빛 세상
하얄대로 하얘진 눈 쌓인 산천에
또다시 흰 눈이 펑펑 내린다.

어쭙잖은 것들은 눈 속에 묻히고
오직 살아있는 것과
곧고 의연한 것만이
나름 아름다운 모습을 드러낸다.

숨결 있는 생명체와
곧고 고운 것만 드러나는
하얀 눈 속 세상에 잠기니
시름도, 때 흐름도 잊어버린다.
오직 그리움만이 살아난다.

아득히 멀어진 하얀 그리움.
어린 시절 고샅길 정경과 동네 사람이
한 때 마음 졸여 애태웠던 그 사람도
눈발처럼 어지러이 내게 다가온다.

눈 뜨면 하얗게 사라지고 마는
잡힐 듯 멀어지는 아득한 그리움도

살아있는 고운 숨결이었던가?

눈물로 방울지는 하얀 그리움.
나의 그리움은 눈물이 된다.
이렇게 눈이 내리는 날이면.

-2013. 1. 1 눈 내리는 산길에서

강설 청송

히말라야 꽃 계곡에서

보랏빛 석산 암벽병풍 위
눈부신 하이얀 설봉(雪峰)에
둥실 한 점 흰 구름 피는데
나의 그리움은
청잣빛 짙푸른 창공에
별이 되었구나.

아득한 그리움은 별빛 타고
비단길 옥류 폭포 따라
요화방초(妖花芳草)
다투어 꽃 피우는 계곡으로
숨어드네.

내 그리운 사람아!
꽃 풀섶 속에 있느뇨?
별빛 속에 있느뇨?
애타게 그리는 마음 그대는 아는가?

히말라야 설산
보랏빛 석산 계곡의
별빛 흘러내리는 꽃 풀섶에서
너를 찾아 헤맨다.

내 그리운 사람아!

-2012. 10. 6 히말라야 설산 꽃 계곡에서

히말라야 계곡

제4부

사랑하라! 지금

사랑하라. 지금
지금 아니면 소용이 없기에
너와 나
한 포기의 풀, 나무까지도
내 곁의 모든 것을

사랑하라! 지금

하루가 간다.
한 해가 간다.
지내온 나날
돌아보니 허허롭다.

개똥밭에 구를지언정
이승의 하루가
저승 천 년보다 낫다는데…

사랑하라. 지금,
지금 아니면 소용이 없기에.
너와 나,
한 포기의 풀, 나무까지도
내 곁의 모든 것을.

하여
오는 하루하루,
한 해 한 해가
기쁨으로 채워지고
사랑의 자취로 남기를.

눈 위의 하얀 발자국처럼.

-2012. 12. 31. 임진년을 보내며

덕유산 주목

살아생전이나마

살아 천 년 죽어 천 년
주목이란다.

백 년을 산들
천 년을 산들
다를 게 무언가.
초목은 죽어서도 고운 모습인데
혼 떠난 육신의 남은 모습은?

타고 난 세월 바닥나
혼백 나간 뒷모습
생각할까? 말까?

일년초 들풀도 한철을 견디고
푸른 나무는 수년을 견디는데
잘난 우리 육신 며칠을 견디나?

냄새 더불어 사흘 견디기 어려우니
살아생전이나마
향기롭고 곱게
살아야 하지 않겠는가?

−2011. 7. 23 덕유산에서

마음에 봄빛 드니

오늘이 입춘이라
마음에 봄빛 드니
뵈는 것 또한 봄빛이네.

어제 본 저 마른 가지
하루 새에 다르랴마는
오늘 보니 봄물 올라
생기 넘쳐 보이고
가지 끝 겨울눈
한결 더 도드라져 보이네.

언덕 위 차가운 하늘도
한 걸음 내려와
따스한 봄빛이 가득 흘러 보이네.

마음에 든 이 봄빛
사철 두고두고
춘심(春心)에 가두면
계절은 변해도
마음은 항시 봄빛일랑가?

－2012. 2. 5. 입춘 다음날. 팔당리에서

주흘산의 봄빛

봄볕 햇살처럼

봄볕이 사랑이고
햇살이 꽃이다.

주흘산 자락에 내리쏟는
봄볕 햇살 영롱하니
땅 위에 피어나는
푸나무 새순 빛이 눈 부시다.

피어나는 푸나무 봄빛이 한결같다면
이처럼 고울 수가 있으리오.
아롱이 다롱이
연노랑, 노랑, 연초록, 초록
짙고 옅음이 어우러져 빛나니
모두어 천상의 빛이 되었나 보다.

너와 나 모두가 다른 이 세상
우리도
봄볕 햇살처럼 가까이 다가가
서로서로 함께 곱게 어울리면
천상의 빛보다 고운 꽃 아니 필까?
봄볕 햇살 아래
곱게 빛나는 산천의 푸나무처럼.

−2013. 4. 27 주흘산 자락에서

고목과 이끼

메마른 땅에 뿌리내려
싹 틔워 꽃 피우고
잎새 피어 올려 거목이 되었다.

낡고 삭으니 고목으로 변하고
햇볕 더불어 비바람 속에서
까맣고 하얗게 삭아만 갔다.

생기 떠난 하얀 가지에
새 생령이 들어와 움을 틔운다.
살아있음이 새삼 눈부심을 본다.
낡은 가지는 또 다른 우주(宇宙)
새로운 천지가 된다.
품 안에 새로운 뿌리를 안는다.

전생이 후생을 키우니
생과 사가 자리를 바꾼다.
빛바랜 고목이 새 삶을 키운다.

다생윤회(多生輪回) 속의 내 오늘은
어디로 흘러가는 중일까?

-2011. 2. 12. 무등골의 증심사 계곡에서

생명의 힘

강하다!

얼어붙은 땅속에서
얼음을 뚫고
천 년 바위 틈새에서
바위를 녹여 내고

생명은 움튼다.

연약한 새싹이
미약한 뿌리가
부드럽기에
느리기에
꾸준하기에
그리고 생명이 있기에
그 어느 것보다 강하다.

생명의 기(氣)는 우주를 뚫는다.

－2011. 4. 14. 대관령 선자령길애서

꽃 따라 구름 따라 · 221

오월의 풍경

연초록 미루나무 새잎 돋아
미풍에 한들대고
앞산 마루 흰 구름
꽃처럼 피어오른다.

미루나무에 하늘이 걸리고
하얀 구름이 꽃처럼 걸렸다.

파란 하늘이 곱고
돋아나는 연초록빛 새잎에
내려앉는
오월의 햇살이 곱다.

땅 위엔 자잘한
희고 고운 꽃망울
지천으로 피어난다.

연초록 새 이파리
하얀 꽃 구름
하얗고 노란 들꽃 벌판
오월은 천지가 온통
꽃 속에 잠긴다.

오월의 하늘

오월의 산천은
꽃의 세상이다.
그 속에 너도나도
우리가 모두
곱고도 고운 꽃이 된다.

－2012. 5. 4. 동해안 두타산 자락에서

갯마을

푸른 산도 밤이면
외로운가 보다.
해 뜨면 산 그리메
마을로 내려와
한 바퀴 휘둘러 올라간다.

먼바다 끝 너머에서
쉬임없이 달려오던 파도도
힘들고 지치나 보다.
긴 여정 끝내고
하얀 물거품만 남긴 채
갯마을 모래밭으로 사그라진다.

산 아래 갯마을엔
그리움이 머물고 쉼이 있다.

기다림이 꽃으로 피어난다.

내 마음도 항시
갯마을에 머물러
점점 갯마을이 되어간다.
갯마을 들어앉은 내 가슴에는
못다한 이야기가 넘쳐난다.

내 가슴은 갯마을이다.
들고 나는 그리움
하얗게 꽃이 되어 피어나고
산도 갯벌도 파도도
그냥 그대로 자리 잡아 쉬고 있는
갯마을이다.

−2012. 6. 6. 서남해안 끝 갯마을에서

갯마을

초록의 벌판에서

높은 하늘 있어
그 아래 넓은 벌판이 있고
아슥한 초원에 이 몸 홀로 서 있네.

끝없어 보이는 초원 속에 한 점 되어
무상과 고적감에 작아만 지고
두려움에 떨다가도
끝이 있고 다가설 언덕이 있어
정감이 묻어나는 곳.

사시사철 불변인 듯 무상 속에
시시때때로 변화무쌍한 천지에
세월 안고 흐르는
텅 빈 초록의 벌판에서
연륜의 나이테를 가슴에 묻고
주어진 하루에 감사드립니다.

−2012. 8. 11 서울 올림픽공원에서

산길을 간다

산길을 간다. 산에 오른다.
들뜬 마음으로 오르다 돌아보니
지나온 길 아득도 하다.

되돌아설 수도 없다.
이젠 오직 가야만 하는 산길이다.
그 누가 대신해줄 수도 없는
꺼이꺼이 가야 하는 길이다.

끝인 듯 올라서면 또 고개고
내리막인 듯싶으면 다시 오르막이다.

때론 신기루 같은 경관과
달콤한 휴식에 취하기도 하지만
갈 길을 서둘러야만 한다.

굽이굽이 삶의 길
대신해줄 이 없어
홀로 가야만 하는 길
산길을 오르며
살아온 길을 되돌아본다.

되돌릴 수 없는 무거운 생(生)의 길
그 길이 바로 산길 같네.

−2011. 9. 22. 예봉산을 오르며

예봉산 산길

황혼빛 노을 같은

끝이 있어 시작 있고
새벽 있으니 석양 있네.

여명의 푸른 하늘은 새날을 밝히고
황혼의 저녁놀은 천지를 고이 감싸 주네.

이제 가슴속에 타오르던
해처럼 뜨거운 붉은 마음 위에
세월 흘러 돌아봐도 노을처럼 번지는
잔잔한 미소를 덧씌우리.

석양의 고운 노을이 호수에 어리면
내 그리움도 금빛 호수에 띄우리.

황혼빛 노을 같은
너와 나의 아련함
니 고마워 내 감사하네.

-2012. 1. 4. 일산호수 일몰

새가 노래한다 해서

새가 노래한다 해서
항시 기쁨만 있겠는가?

어릿광대가 웃는다 해서
항시 즐거움만 있겠는가?

새들의 노랫소리에
치열한 경쟁이 있고
어릿광대의 웃음 뒤에
삶에 지친 피눈물이 있음을
아는 이만이 아는 세상.

보이는 대로만도 아니요
안 보이는 것 또한 커다란 세상이라.
보아도 보아도 알 수 없는
참으로 복잡한 세상사 놀이판
겉만 보고 다 아는 체
하지는 말게나.

안다 해도, 모른다 해도
어렵고 힘든
변화무쌍한 요동질 속에
우리 살아가노라면.

−2012. 1. 30. 메마른 나뭇가지 끝 까치

소금밭 하얀 눈

허허벌판 소금밭에
눈은 내리고 내리고
하얀 눈
쌓이고 쌓이네.

못 이룬 한여름 소금 꿈
이제야 이루나
엄동설한에 하염없이 내리는
소금밭 하얀 눈.

땡볕 햇살 기다리다
소금꽃 기다리다
지쳐버린 빈 가슴.
장맛비에 녹아내린
텅 빈 가슴에
빗물처럼 고인 한숨
그 아픔 달래려
흰 눈이 내리는가?

새해에는 함박눈처럼
소금꽃 피우소서
염부(鹽夫)의 그을린 얼굴에

함박웃음 피게 하소서.

염부의 소금꽃 소망이
백설 속에서 영글어 간다.

−2012. 2. 10 신안군 천일염전에서

눈 쌓인 염전

눈물(tears)

좋아도 눈물.
슬퍼도 눈물.

눈 시리게 추운 날
어!
추워도 눈물이 나네.

왜일까?
나이가 들어서?
아니,
살아있기에.

개똥밭에 구를지라도
이승의 하루가
저승 천 년보다 낫다는데.

아!
눈물이란
살아있는 자만의
또 다른
호사스러운 언어였구나.

−2013. 2. 17. 대관령 풍력단지에서

눈빛 세상에서

하얗게 하얗게 눈 쌓인 언덕
눈빛 세상 순백의 벌판 너머에
고요와 침묵 그리고 망각이 있다.

버려라! 묻어라!
가슴에 묻어둔
아리고 쓰린
말 못한 언어들.

내리는 눈발에도 깨어질
여린 가슴인데
따뜻한 가슴으로 눈송이 녹이듯
고까것 못 녹이랴.

아리고 쓰리고 애달픈 가슴
그리움 깊은 아픈 사랑
하얀 눈밭에 새기라.
저 너머 하얀 꿈길에서
꽃 피울 봄날을 기다리며.

−2011. 1. 30. 백설에 묻힌 능선를 보며

알아도, 몰라도 탈[頉]

한 송이 꽃을 피우기 위해
차디찬 겨울 땅 얼음 속 견디며
긴긴 봄날 용트림치고 자라나서
무성한 잎새 작별하고
온갖 꿈을 모아
겨우겨우 꽃대궁 내밀었다.

비비추 잎새 곁에 빼꼼히 내민
상사화의 가냘픈 연초록 꽃대궁
예취기로 싹둑 잘렸다.
꽃망울인 줄 모른 게 탈이었다.

함께 올린 꽃대궁 중
유일하게 남은 하나
비비추 잎새 더미에 묻힌 덕분이었다.

비비추 잎새에 싸여 화(禍)를 면한
상사화 꽃대궁 하나
마지막 꿈을 모아 꽃망울 부풀려 올렸다.
마침내 활짝 꽃 피우려는 순간
누군가의 손에 꺾여 없어졌다.
꽃인 줄 아는 게 탈이었다.

상사화의 일생은 이렇게 끝났다.
모른 게 탈이었고
아는 게 탈이었다.

-2012. 8. 25. 서울 도심 도로변에서

꽃대 꺾인 상사화

안갯길 그림자처럼

안개 낀 깊은 산 속
산길을 간다.

희미한 앞사람
안갯길 그림자
점점 사라져 간다.
점점 멀어지나 보다.
따라붙자니 고단하고
놓치자니 두렵다.

앞 모르는 세상살이
인생길도 그러한가 보다,

오가며 만났던 수많은 인연
안갯길 그림자 되어
희미하게 사라져간다.

아예 못 올 곳으로
영영 떠난 이도 있고
보일 듯 말 듯 눈앞에
들락거리는 이도 있다.
가까이하려니 힘이 들고

안갯길

잊자니 두렵고 마음 아프다.

안갯길 그림자처럼.

-2012. 9. 30. 환선굴 산행길에서

촘롱의 다랑논 앞에서

바람도 숨이 가쁜가?
흐르는 소리 사그라지고
깊은 계곡 물소리마저
침묵에 묻히는 히말라야.

달도 별도 닿을 듯
쏟아질 듯 쌓아 올린,
질긴 삶의 넋으로 일군
마천루 같은 다랑논을 본다.

벼 한 포기 더 심고자
홍예문처럼 논둑 쌓아올린
혼백이 담긴 영혼으로 일군
지리산 피아골의 다랑논을 닮았다.

선택의 여지 없이 주어진 생
각박한 삶의 고통이
살아있음의 명증(明證)이라서
촘롱의 다랑논도
피아골의 다랑논도
행복했던 자의 삶의 터전일 터.

촘롱의 다랑논 앞에 선 자의
천연스런 그을린 얼굴은
불만족을 모르는 표정인데
풍요를 찾아 다랑논을 떠난
피아골의 후손들은
지금 어디서 만족스러운
환한 미소를 짓고 있을랑가?

생과 삶이 무엇이고
만족과 행복이 무엇이기에.

−2012. 10. 3. ABC 트레킹 촘롱에서

촘롱의 다랑논

외로운 신(神)보다는

신(神)만이 산다는 마차푸차레
멀리 사람 세상에서 쳐다본다.

눈 시리게 푸른 하늘 속에
마법의 성처럼 우뚝 솟은
마차푸차레.

흰 구름이 호위대처럼 들고나고
신의 성곽에는 향불 연기처럼
눈바람 폴폴 인다.

신비 속에 갇힌
사람 얼씬 않는 그 세계에서
신(神)도 외롭겠다.
보고픈 그리움이나 있을까?

못할 일 없는 게 신인데
외로움도 그리움도 있으면 안 되겠지.
그럼 무슨 재미로 사나?

지지고 볶고, 만나고 헤어지고
슬픔에 울고, 그리움에 애달픈 게

사는 맛이 아닐까?
사는 재미 아닐까?

내가 신(神)이라면
사람이 되겠다.

뭇 사람 속에서도 외롭고
떠난 사람 못 잊어 울지언정
외로운 신(神)보다는
사람이 되겠다.

―2012. 10. 4. 시누와에서 신(神)의 산을 바라보며

마차푸차레

작품해설

적멸을 위한 연둣빛 서곡

– 박대문의 시집 『꽃 따라 구름 따라』에 부쳐

서승석(시인, 평론가, 불문학박사)

　　　　박대문의 꽃의 탐구는 인간의 탐구로 이어지고,
꽃 하나하나의 단편적 초상화는 결국 식물생태계 전반에 걸친 총
체적 탐색으로 발전된다. 더 나아가 그는 이를 통해 인생의 단편
만이 아닌 인생의 총화를 거시적인 안목으로 조명하기에 이른다.

적멸을 위한 연둣빛 서곡

― 박대문의 시집『꽃 따라 구름 따라』에 부쳐

서승석(시인, 평론가, 불문학박사)

　박대문 시인은 사진으로 시를 쓰고, 시로 그림을 그리는 사람이다. 깊은 계곡 맑은 물속에 비치는 시간과 바람과 꽃의 잔영처럼 그의 시는 아름답다. 그는 꽃을 소재로 한 시와 사진으로 2009년 『꽃 벌판 저 너머로』, 2011년 『꽃 사진 한 장』에 이어, 이번에 세 번째 시집『꽃 따라 구름 따라』를 발간하게 되었다. 문학과 사진예술이란 두 가지 장르를 접목시킨 그의 작품들은 천상의 고운 하모니를 이루며 꽃과 생명을 위한 장엄한 이중주를 연주하고 있다. 시인을 끊임없는 방랑의 길로 인도하는 그의 꽃 사랑, 생명 사랑은 남다른 것이어서, 이번엔 그의 행동반경이 더욱 넓어졌다. 백두산에서 히말라야로, 섬진강에서 다뉴브 강으로, 독도에서 촘롱의 다랑논으로… 전에 출간된 두 작품집이 대관령을 비롯한 주로 국내의 야생화를 다룬 반면, 이번『꽃 따라 구름 따라』에 실린 작품들은 너른 세상을 누비고 다닌 그의 땀과 발자취의 빛나는 결실을 여실히 보여주고 있다. 그의 행동반경이 넓어진 만큼 그의 사유의 폭도 더욱 넓고 깊어졌다.

박대문의 꽃의 탐구는 인간의 탐구로 이어지고, 꽃 하나하나의 단편적 초상화는 결국 식물생태계 전반에 걸친 총체적 탐색으로 발전된다. 더 나아가 그는 이를 통해 인생의 단편만이 아닌 인생의 총화를 거시적인 안목으로 조명하기에 이른다.

1. 그리움, 그 방랑의 원천

고향의 지평 안에서는 만족할 수 없었던 보들레르가 여행에 대한 백일몽을 '고귀한 영혼, 탐구하는 영혼'의 표시라 여기며, 자신의 집보다 여행을 하다 잠시 머무는 곳에서 더 편안함을 느꼈듯, 최근 박대문은 늘 배낭을 메고 떠난다. 그의 방랑의 원천은 그리움이다. "끝없는 그리움 있기에/방랑의 길은 계속된다."('그리움 있기에')고 시적 화자가 고백하듯이 그의 끝없는 유랑에의 유혹은 이 그리움에서 비롯된다.

> 바람처럼 밀려오는 보고픔이여!
> 그리움의 그림자를 좇아 나선다.
>   － '호수의 물그림자' 일부

그 그리움의 감정은 정약전의 유배지에서 영감을 얻은 시 '흑산도 그리움'에서 더욱 고조된다 : "흑산도 그리움은/출구 없는 어둠 속의 빛처럼/가슴 속에서 더욱 살아나는/타는 그리움이었다." 그

런데 눈이 내리는 날이면 그리움은 더욱더 선명히 살아난다.

> 숨결 있는 생명체와
> 곧고 고운 것만 드러나는
> 하얀 눈 속 세상에 잠기니
> 시름도, 때 흐름도 잊어버린다.
> 오직 그리움만이 살아난다.
>   – '이렇게 눈이 내리는 날이면' 일부

　아득히 멀어진 고향과 유년시절의 사랑이 오롯이 눈발 사이로 되살아나기도 한다. 이내 하얗게 타버린 그리움은 눈물이 되어 시인의 볼을 타고 내린다. 그런데 그 눈물은 또한 살아있는 것들만이 누릴 수 있는 '호사스런 언어'('눈물(tears)')가 아니던가?

2. 생명 예찬

　박대문 문학세계의 괄목할만한 특징 중의 하나는 생명존중사상이다. 엄동설한에도 자신의 체온으로 스스로 얼음을 녹이고 나와 꽃을 피워 올리며 생명이란 가느다란 꿈을 안고 사투를 벌이는 식물에 대하여 그는 찬사를 아끼지 않는다. 시 '생명의 힘'에서 시적 화자는 연약한 새싹과 미약한 뿌리가 부드럽고 느리고 꾸준하기 때문에, 또한 생명이 있기에 그 무엇보다도 강하다고 외치며 "생명의 기(氣)는 우주를 뚫는다"고 역설한다.
　세상의 모든 고결한 생명체의 종족보존을 위한 강인한 의지를 더듬는 박대문의 예리한 시선은 시 '갯벌가 물억새'에서 "정처도 없이 방향도 모른 채/암호처럼 새겨진 생의 시그날 품고" 내일을 찾아 떠나는 물억새의 갓털 씨앗을 보고 억센 삶의 충동을 느낀다.

> 날아라 하늘 높이,
> 퍼지거라 땅끝까지.
> 바다건 돌밭이건
> '어디서든 살아나야 하거늘'
>   – '갯벌가 물억새' 일부

시인은 고목에 피워 올린 꽃보다도 더 아름다운 '작은 명주실이끼'를 바라보며 우주만물의 순환작용을 직시한다. 낡고 삭은 검은 시신이 다시 새 생명을 품는 세상의 경이로움이여!

> 생기 떠난 하얀 가지에
> 새 생령이 들어와 움을 틔운다.
> 살아 있음이 새삼 눈부심을 본다.
> 낡은 가지는 또 다른 우주(宇宙)
> 새로운 천지가 된다.
> 품 안에 새로운 뿌리를 안는다.
>
> 전(前)생이 후(後)생을 키우니
> 생(生)과 사(死)가 자리를 바꾼다.
> 빛바랜 고목이 새 삶을 키운다.
>
> 다생윤회(多生輪廻) 속의 내 오늘은

어디로 흘러가는 중일까?

　　　　　－ '고목과 이끼' 일부

이 시사집(詩寫集)『꽃 따라 구름 따라』중 가장 절묘한 하모니를 들려주는 시 '고목과 이끼'에서 박대문은 '안갯속 공룡능선'에서 보았던 "욕심부려 살아온 만큼의/삶의 무게 등에 지고/꺼이꺼이 걸어온/내 삶의 여정", 자신의 그 길고 긴 서러운 인생행로의 목표를 되묻는다.

❦

3. 눈높이를 낮추어야 비로소 모습을 드러내는 세상의 아름다움

주목할 것은 전편의 시집들보다 이번 세 번째 시집에서 박대문의 카메라 초점의 눈높이가 한결 낮아졌다는 사실이다. 시인은 사진작가로서의 연륜을 거듭하면서 자신의 눈높이가 꽃보다 낮아야 꽃이 진정으로 아름다운 자신의 모습을 보여준다는 이치를 깨달은 것이다.

한 걸음 오르면
한 걸음 낮아지는 바다.
두 걸음 오르니
사방이 두 걸음 낮추어 든다.

　　　　　－ '성인봉(聖人峰)에 오른다' 일부

세상을 사는 이치 또한 매한가지리라. 코타키나발루 산을 오르면서도 시인은 "오름만큼 내림 있고/내림만큼 오름 있다"('코타키나발루 산(山)을 오르며')는 한결같은 자연의 섭리를 재확인한다. 그리고 그 "산행길이 바로 삶의 여정(旅程)"임을... 이렇듯 자연은 언제나 시인에게 교훈을 준다. '줄이고, 비우고, 버리고서야' 비로소 한 송이 하얀 꽃망울을 피워 올리는 바위구절초 앞에서 그는 한 줌의 흙에 자족하는/빈 마음을 배운다.('바위구절초')

시 '소금밭 하얀 눈'에서 시적 화자는 '엄동설한에 하염없이 내리는' 눈을 보며 염부의 '못 이룬 한여름 소금 꿈'을 읽는다. 탁월한 시적 상상력이 차가운 눈밭에서 따뜻한 소금 꽃을 피워 올린다.

> 땡볕 햇살 기다리다
> 소금 꽃 기다리다
> 지쳐버린 빈 가슴.
> 장맛비에 녹아내린
> 텅 빈 가슴에
> (…)
> 염부의 소금 꽃 소망이
> 백설 속에서 영글어 간다.
> — '소금밭 하얀 눈' 일부

스스로 얼음장을 녹이고 나와 꽃을 피우는 야초의 솜털로부터, 겨울 눈밭에서 소금 풍년을 꿈꾸는 염부의 마음까지도 품는 시인의 가슴은 넉넉하다. 섬세하고도 대범하게 대자연을 끌어안고 세상을 감싸는 그의 품격은 고양된 그의 인격에 연유한다. 어쩌면 그는 공자의 길을 버리고 아마도 묵자의 길을 묵묵히 가고 있는지도 모른다. 춘추전국시대를 살았으며 공자를 딛고 일어선 천민 사상가 묵자는 겸애와 절검, 비전를 주장했는데, 겸애란 모든 사람을 차별 없이 사랑하는 것이었다. 유가의 인애가 혈연관계를 중심으로 친소원근에 따라 차등을 두고 사랑하는 것에 반해 묵자는 모든 사람을 평등하게 사랑해야 한다고 주장하였다. 야생화를 사랑하듯, 그는 염부와 다랑논의 농부의 마음도 군자와 다름없이 헤아린다. '촘롱의 다랑논 앞에서' 우리는 짐짓 보잘 것 없어 보이는 삶에 대한 시인의 따뜻한 시선을 느낄 수 있다.

> 달도 별도 닿을 듯
> 쏟아질 듯 쌓아 올린,
> 질긴 삶의 넋으로 일군
> 마천루 같은 다랑논을 본다.
> (…)
> 촘롱의 다랑논도
> 피아골의 다랑논두
> 행복했던 자의 삶의 터전일 터.
>   – '촘롱의 다랑논 앞에서' 일부

이 시는 마치 척박한 땅에서 자란 포도가 30미터 이상 깊이 뿌리를 내려 테르와르(terroir, 포도주용 포도 산지)의 온갖 자양분을 흡수하여 비옥한 땅에서 자란 포도보다 더욱 맛있는 명품와인을 만들 듯이, 고달픈 삶의 여건이 어쩌면 더욱 값진 삶을 이루게 하는 원동력이 될 수도 있음을 시사하고 있다. 다랑논을 일구는 땀방울은 그

얼마나 거룩한가! 이 작품은 시가 치열한 모색의 현장임을 환기시
키고 있다.

🌾

4. 시간, 바람 그리고 꽃에 대한 탐색

피카소가 그의 시집에서 시도했듯, 박대문은 자신의 시에 날짜
를 기입하는 것을 잊지 않는다. 그는 스냅사진을 찍듯 하루하루,
매 순간 영혼에 아롱지는 우주의 잔영을 시로 남긴다.

> 물비늘에 부서지는 햇살이
> 황금빛 일렁이며 사라지듯
> 우리네 삶도 한순간에 흩어지는
> 물비늘 빛살인 것을.
> — '다뉴브 강가에 서서' 일부

시인의 투혼의 예술의지로 좇은 덧없는 시간의 흔적, 바람의 흔
적, 그리고 꽃의 흔적은 그의 시선이 스치는 순간 영원한 아름다움
으로 석화된다. 피어오르는 꽃과의 눈 맞춤을 위한 그 길고 긴 기
다림의 결실은 너무나 눈부시다. 유한한 것의 흔적을 탐구하는 박
대문의 피나는 작업은 그의 눈길을 통과한 피사체를 시와 사진으
로 형상화하면서 영원한 것으로 환원시킨다. 이 예술적 마법에 걸
린 꽃은 절벽 위 바위틈에 낀 이름 모를 풀꽃일지라도 가장 행복한
꽃이리라. 높은 산에 올라 가쁜 숨 가누며 태고의 정적 속에서 새
로 피어나는 꽃의 숨결에 귀를 기울이는 나그네의 모습은 고결하

다. 박대문의 시적 원형은 자유분방함의 미학에서 찾아볼 수 있다. 장자의 '자유自游'(《소요유》편)를 실현하기라도 하듯, 그는 지금 사회적 속박에서 벗어나 대자연 속에서 한가로이 유영하고 있다. 자연과 하나 되는 조화로운 삶을 실천하며….

> 천 년을 살 것처럼 아등바등하지만
> 언제 살았더냐는 듯 스러져 가지 않느냐
> 꽃 따라 꿈길 따라
> 지치고 저민 가슴
> 훌훌 털고 훨훨 날아 보자.
>   – '꽃 따라 꿈길 따라' 일부

5. 소멸하는 것을 향한 사랑

박대문은 시 '분홍바늘꽃 잔해를 보며'에서 소멸하는 것을 위한 장엄한 진혼곡을 들려준다.

> 풍장(風葬) 되어 사라지는
> 화려한 분홍바늘 꽃대의 슬픈 잔해에서
> 화려한 오늘의
> 내일을 본다.
>
> 늘상 함께하면서도
> 빙긋이 웃으며 말없이 기다리는
> 검은 그림자의

보이지 않는 숨결을 느낀다.

                            – '분홍바늘꽃 잔해를 보며' 일부

이렇게 바람 속에 흩어지는 삶의 잔재들을 바라보며 시인은 언제나 우리 곁에 현존하는 죽음의 그림자를 감지한다.

고위공직자, 환경전문경영인, 경제학자에 이어, 등산가, 사진작가, 시인으로서 살아가는 박대문 일대기의 여한이 시 '쉔브룬 궁전'에 집약되어있다. 한때 갈망하였으나 끝내 못 이룬 젊은 시절의 청운의 꿈을 시적 화자는 웅장한 궁전 앞에서 지운다. 그의 가슴 깊은 곳에 '트라우마'로 자리 잡았던 감정의 찌꺼기들조차 모두 소멸한다. 랭보의 시 구절처럼 "상처 없는 영혼이 어디 있으랴." 권세와 부귀영화를 좇는 꿈이 부질없다는 것을 깨닫기까지, 그는 어쩌면 수많은 시간을 허비하며 지구를 외롭게 몇 바퀴 돌아왔는지도 모른다. 그 긴 여정이 창작행위를 통하여 내면의 깊은 상처를 시어로 담금질하며 스스로 치유해가는 과정임을 이 시는 시사하고 있다.

천상, 지상의 권세 600년의 영화가
밤 한 토막 짧은 꿈이었던가

땅 위에서 제일 큰 대리석 궁전이나
초라하기 그지없는 초가 단칸방이나
하늘과 땅 사이의 한 점일 뿐이요
남는 것은 주인 없는 흔적일 뿐이네.

남아 있는 흔적이며

흘러간 권세와 영광이 무슨 소용인가?

찻잔에 떠도는 한 가닥 향기와 같은 것을.

　　　　　　　　－ '쉔브룬 궁전' 일부

　또한, 대자연 앞에서 우리는 얼마나 무색한가? 시 '슬로 시티 중
도에서'에서도 시적 화자는 불변하는 '항상(恒常)의 대자연'에 비
해 시시각각 변하는 인간사에 회의를 느끼며 '유한자(有限者)의 무
한 욕망'을 다시 한 번 조망한다. 하여 "천지 운행 간에/바람처럼
왔다가/티끌처럼 사라질" 인간의 모든 헛되고 헛된 꿈의 대안으로
시인은 사랑을 제시한다. 사랑만이 이 유한한 삶 속에서 무한에 대
적할 수 있는 가장 가치 있는 일이리라.

사랑하라. 지금,

지금 아니면 소용이 없기에.

너와 나,

한 포기의 풀, 나무까지도

내 곁의 모든 것을.

　　　　　　　　－ '사랑하라! 지금' 일부

　눈 위에 남긴 하얀 발자국처럼 매 순간 기쁨으로 충만한 하루하
루가 사랑의 자취로 남겨진다면 그 얼마나 자비로운 인생이랴. 그
래서 그의 시세계에 자주 등장하는 눈 쌓인 설원에서도 시인은 사
랑의 불꽃을 지핀다 : "대신에 사랑의 붉은 마음/진하고 붉게 달
구어 보고 싶다./진달래꽃 피어나는 한라산 자락처럼/백설의 기슭

이 벌겋게 물이 들도록"('백설의 백록담 기슭에서').

🍂

6. 쉬운 시어와 토착어, 간결한 문체

> 보아야 쓰갓는디.
> 못 보면 어쩐디야.
> (…)
> 나! 시방
> 천지를 보고 있자니여!
>
> — '나! 천지를 보았다.' 일부

곰삭은 젓갈을 담뿍 넣은 맛 갈진 남도 음식 같은 향이 풍기는 이 시에서 볼 수 있는 바와 같이, 향토어의 적절한 사용은 시의 풍미를 더욱 풍요롭게 한다. 정서의 원천인 토착어가 주는 음악성과 연상을 즐기며 독자는 사무치는 정서를 향유하게 된다. 토착어 사용이 시의 시금석이 될 수도 있다. 유종호 교수의 지적대로 '잃어버린 낙원의 심층부에 깊이 호소하는 힘'을 가지고 있는 어린 시절의 언어인 토착어 지향이 강할수록 작품의 호소력과 시적 성취가 높아질 수도 있기 때문이다.

박대문은 "시란 쉬운 일상의 용어로, 누구나에 의해서 쓰여 져야 한다."고 주장했던 프랑스 뽈 엘뤼아르 시인을 상기시킨다. 박대문의 문체는 너무 간결하고 투명해서 시는 '다의성과 애매성을 지향'한다는 일반적 통념을 무색케 한다. 꽃병에 꽂힌 화려한 장미보다는 깊은 산속에 숨어 피는 애잔한 야생화를 더 사랑하는 그다운 문체이다. 꾸밈없이 있는 그대로의 아름다움을 조용히 발하는…수많은 다양한 꽃이 있어 이 세상이 아름답듯, 시 또한 어느 이론이나 사조에 부합되지 않더라도 그 나름대로의 존재가치가 있는 다양한 시가 여러 사람에 의해서 쓰여 져야 하리다. 시란 지식인의 전유물도 아니요, 특정 계급만이 향유할 수 있는 유희는 더더욱 아니기 때문이다. 오히려 독보적인 다른 직업에 종사하는 사람들이 한용운처럼 자신의 독특한 경험의 퇴적층을 바탕으로 더 좋은 시를 쓸 수도 있기 때문이다.

그러나 시의 묘미는 역시 함축미와 긴장감에 있다. 박대문 시인이 향후 다채로운 체험을 오랜 기간 내면화시키는 과정을 거쳐, 윤택한 시어로 좀 더 긴박감 넘치는 문체를 가다듬어 시작을 계속한다면 더욱 완숙미 넘치는 훌륭한 시인으로 발돋움하리라 본다. 뜻과 격조를 아울러 지닌 빼어난 음률을 은닉한 시를 많이 써주기를 기대한다.

"진정한 예술가는 그림을 그리거나 색칠을 하는 사람이 아니다. 오히려 자신의 온 삶에서 모든 생각과 행동을 아름다움에 맞추는 사람이다."라고 헬렌 니어링은 『아름다운 삶, 사랑 그리고 마무리』에서 말하였다. 온몸으로 시를 앓고 있는 박대문이 남은 생애의 초점을 아름다움에 맞추어놓고, 모든 사라지는 것들을 위하여 적멸(寂滅 : 불이 꺼지듯, 탐욕(貪)과 노여움(瞋)과 어리석음(癡)이 소멸된 열반의 상태. 모든 번뇌를 남김없이 소멸하여 평온하게 된 열반의 상태)을 향한 연둣빛 서곡을 계속 들려주길 빈다.

꽃 따라 구름 따라

초판인쇄 2014년 01월 15일   **초판발행** 2014년 01월 20일

지은이 **朴大文**
펴낸이 **이혜숙**   펴낸곳 **신세림출판사**
등록일 1991년 12월 24일 제2-1298호

100-015 서울특별시 중구 충무로5가 19-9 부성B/D 702호
전화 **02-2264-1972**   팩스 **02-2264-1973**
E-mail : shinselim72@hanmail.net

정가 **18,000원**

ISBN 979-89-5800-142-3, 03810